NÓS DA PROVÍNCIA: DIÁLOGO COM O CARBONO

encadernação **LABORATÓRIO GRÁFICO ARTE & LETRA**
ilustração da capa **FABIANO VIANNA**

©Arte e Letra, 2025

M 149
Machado, Carlos
A voz do outro / Nós da província. diálogo com o carbono / Carlos Machado. – Curitiba : Arte & Letra, 2025.

230 p.

ISBN 978-65-87603-94-0

1. Ficção brasileira   I. Título

CDD   869.93

Índice para catálogo sistemático:
1. Ficção: Literatura brasileira   869.93
Catalogação na Fonte
Bibliotecária responsável: Ana Lúcia Merege - CRB-7 4667

ARTE & LETRA
Curitiba - PR - Brasil
Fone: (41) 3223-5302 @arteeletra
www.arteeletra.com.br - contato@arteeletra.com.br

Carlos Machado

NÓS DA PROVÍNCIA:
DIÁLOGO COM O CARBONO

Edição comemorativa de 20 anos de publicação
(2005 -2025)

exemplar nº 099

CURITIBA
2025

SUMÁRIO

Texto de apresentação da 1ª ed. 2005
por Ricardo Corona...11

Carta de achamento ou aquela da província.........................13
À mesma hora de todos os dias...19
Desritmo..23
Ausência, ?...27
O mais sôfrego dos trombones..31
Éphémère...35
Sonhos: clichês..39
Suavidade pálida de um dia de sol...41
O mesmo mau cheiro..45
Aqui jazz..49
Nada mais que um pequeno diálogo... com o carbono......53
Pré-ficção, prefixação...57
Revoada... e foi..61
Traz-me, talvez, a flor que exalo por sobre o carbono.........67
Sob o suave silêncio nascem espinhos...................................71
Carta de um vencido..77
Cala-me(.)...81
Todas elas empilhadas...85
Permita-me ir...87

Agradecimentos..91
Biografia...92

para Dalton Trevisan e Cristovão Tezza

"Você tem que buscar sua própria voz"

(frase dita por Dalton Trevisan a Carlos Machado
na esquina das ruas Ubaldino do Amaral
com a Amintas de Barros em 2004.)

TEXTO DE APRESENTAÇÃO DA 1ª ED. 2005

Os contos de Nós da Província: Diálogo com o Carbono, de Carlos Machado, contêm dosagens exatas de existencialismo para que a individualidade dos personagens mantenha-se pulverizada no limiar entre a razão e a insanidade. Chega a ser irrelevante se essas figuras são amáveis e neuróticas, detestáveis e normais, mas é determinante saber qual o sentido maior que elas trazem para a narrativa. Elas passam pelos olhos do leitor para fazê-lo perceber melhor o transbordamento de lirismo que uma situação cotidiana pode conter. Para dar-lhe densidade às cenas banais e potencialmente absurdas. Mas o que mais importa é o ir e vir, o aparecer e desaparecer, reservando desfechos sutis para mudanças radicais de comportamento. Assim, a província aparece fragmentada, com identidade parabólica e louca, deteriorando-se em suas mazelas por insistir em não se desvelar para a fugacidade da Metrópole. As cenas trazem incrível movimento e ritmo cinematográfico, sobrepostas ao cenário, sugerindo, talvez, que a cidade aqui é também um lugar universal. Aliás, um cinema mental que confirma o talento do autor para a narrativa ágil e imagética, também presente no seu livro anterior A voz do outro (2004). Mesmo que você não concorde com a ideia de que existe uma ligação possível entre as escritas de Dalton Trevisan e Paul Auster, a leitura desses contos poderá surpreender-lhe. Com estilo simples, engenhoso, que funde banalidade e criatividade para dilatar seu olhar sobre a vida, espelhando assim a sua auto-ironia (afinal o autor é um curitibano da gema) e articulando certo sarcasmo de ranzinza-mor, Nós da Província: Diálogo com o Carbono, faz de Carlos Machado um escritor do (des)encantamento.

Ricardo Corona

CARTA DE ACHAMENTO OU AQUELA DA PROVÍNCIA

Só quathe manndo dou a primeira tragada do dia é que me lembro de que vou morrer. Nessa manhã, o sabor da chuva havia intensificado essa lembrança. Não sei o porquê, mas acho que é aquela melancolia que Curitiba acinzenta aos nossos olhos nestes dias. E, junto ao embaraço da chuva, a fumaça de meu cigarro cegava-me ainda mais o sorriso, encarecendo o que de mais certo custa a vir pela manhã. Tratei logo de buscar os olhos com os dedos. E assim saí pelos pingos da reitoria para conseguir pegar os primeiros carteiros que chegavam ao correio. A postagem tinha que ser para aquele dia, já que havia me atrasado em quase uma semana. Passar ileso em dia de chuva por essa cidade, andando pela região da federal, é impossível. Com passadas ligeiras e avulsas, confirmei por diversas vezes o que já sabia: sim, há mais buracos que pedras. Não tem como caminhar por aqui sem dialogar com eles. Pés molhados, cabelo ao vento e cigarro quebrado, chego ao correio a tempo de postar a carta, já com as primeiras bolsas saindo para as entregas. Bem, menos mal. Conforme-se, tien! Tenho a cidade estampada em minhas calças, mas com a carta postada. Saio. O frio já me obriga a pegar da mala o casaco, que coloco com aquela maestria curitibana (só quem mora aqui sabe o que eu quero dizer). Inconstância. Na certeza de mais uma tragada, acendo outro cigarro e me coloco ao lado de um guarda-chuva transeunte, a fim de parar já na próxima marquise. Ao lado do Chain, me protejo da chuva que escorre, cada vez mais forte e perdida, pelo cinza daquela manhã. Com passos ligeiros e juntinhos, um casal passa por mim: ele carregando uma bengala no braço esquerdo e ela, junto aos seus vinte e poucos anos. Os dois olham de soslaio para os lados (como se quisessem passar despercebidos), experimentam a chuva e combinam o andar para a Ubaldino. É de lá que vieram. Com a intromissão do casal e pensamentos libidinosos – de adolescentes – não percebo um homem limpando seus óculos ao meu lado.

Que saudades de Curitiba! Sábado, janeiro de 1995. A partida foi triste. Nunca me passou pela cabeça que seria da forma que foi – ela bateu o carro e está inconsciente. Mas não se preocupe, acho que vai melhorar. Dizia o único que ficou. Não tenho notícias de maior tristeza do que vi e ouvi nesses dias. Foi simples. Fato: próxima música do CD, já que a anterior acabara. No quarto: Ziggy Stardust. Na sala: a próxima faixa. E dessa forma voltei para Curitiba. Mas não a encontrei. A notícia de achamento dessa sua nova terra se dá de forma torta. E aqui coloco muito mais do que aquilo que vi e me pareceu. Perdi o que conhecia e vi outra cidade.

O homem me pareceu muito familiar (realmente não me era estranho), mas não conseguia descobrir de onde o conhecia. Não sou muito de conversar com estranhos, ainda mais em um dia de chuva. Isso talvez se explique pelo fato de eu não ter mais os meus pés vermelhos: tenho agora apenas a brancura dessa terra fria e chuvosa. Não pude evitar um sorriso no canto dos lábios ao me recordar e concordar com o comentário que ouvi de Cristóvão, quando disse que, sem perceber, depois de alguns meses em Curitiba, usava o elevador sem ao menos cumprimentar as pessoas ao seu lado. E esse ao meu lado mantém-se também em silêncio. Um silêncio tão perturbador que chega a doer nos meus ouvidos. Lembrei-me de tê-lo visto em alguma foto de jornal com esses óculos embaçados pela chuva, o rosto fechado para conversas. Tento uma acolhida amistosa com um sorriso pequeno. Retribuição. É engraçado como o silêncio pode ser abalado com um mexer dos músculos faciais, tão raro aqui em Curitiba. Na mesma hora tive o ímpeto de falar, falar sem parar com esse homem-que-não-me-era-estranho. Contar a ele o que eu sentia naquele momento, sobre a carta que acabei de postar, sobre as moças – que acabei de perder –, mas só me veio uma frase sem jeito, amarga pela boca. Que chuva, né?

Não encontrei por aqui aquelas quitandas com seus produtos cobertos de terra vermelha. Sabe dessas que você encontra de tudo? Ao lado, não vi a farmácia da Terezinha, da venda fiado, da coleção de remédios. O açougue não vendia barato. Apenas vizinhos barulhentos, duas vias que vão pela Silva Jardim e duas que voltam pela Iguaçu. Carros na Visconde. Inferno! No apartamento, as baratas por todos os buracos durante o dia. À noite? Pela cama. Elas se alimentavam do esperma anterior e ficavam cada vez mais fortes. Carícias. Acima dos insetos, o barulho insistente de um violino da burocrática! Orquestra Sinfônica do Paraná (anos mais tarde a chamaria de eloquente! grandiosa!?). Nada de índias com suas vergonhas de fora. Mas putas. Muitas putas pela Avenida Getúlio Vargas. Eu diria ainda: putas desdentadas pela avenida. Me lembra Bukowski. Elas vinham direto a mim. Se ofereciam como carnes estragadas, pardas. Os cabelos duros, sem corte algum na altura das orelhas, apenas rasgos desequilibrados pelas cãs. Suas armas eram os seios caídos, barrigas de fora com cortes de cesariana. Não Marias, sim Dinorás. As palavras eram outras, eu entendia apenas os gestos obscenos (como aqueles que encontrei anos mais tarde no Gato Preto). Picos na veia. Riscos na pele.

Em dia de chuva, conversar com curitibanos apenas sobre o tempo. E a conversa se estendeu sobre esse assunto até quando me disse "até logo". O homem-que-não-me-era-estranho abriu seu sorriso tímido e subiu pela esquina da reitoria. Eu não sei exatamente o que era, mas me senti como se tivesse escapado pelos dedos toda uma vida. Essa vida que, com certeza, não era minha, mas dele. Novamente. Quando já não podia mais vê-lo de onde estava, me molho para segui-lo. Alguns passos e consigo percebê-lo com um caminhar direto, forte, ladeira acima. Eu sempre me incomodo com essa chuva, mas, mesmo assim, não consigo carregar um maldito guarda-chuva. Continuo andando atrás desse homem. O problema da chuva não é nem o corpo febril que me vem sempre depois de uma torrente, mas onde colocar as roupas molhadas no meu pequeno apartamento. Pensem o que pensar, mas homem não sabe o que fazer com essas roupas depois de pegar toda essa água, por isso sempre as jogo fora. Bobagem. Mas a bagagem é um atraso de vida.

Quando caminho dessa forma, olho para os pés. E me irrito cada vez mais com as meias encharcadas. Sensação de bagunça. Engraçado que, quando olho para as pessoas passando ao meu lado, não vejo essa irritação em mais ninguém. O homem-que-não-me-era-estranho tem confiança ao andar pelas ruas de Curitiba, parece conhecer todos os buracos que há naquela região e todos os segredos das pessoas ao redor. Cumprimenta um, outro, segue adiante e para para comprar um jornal. Ninguém o chama pelo nome, mas o conhecem. Nesse tempo, eu me protejo em um orelhão sem telefone. Arrancado, não há comunicação. Meu tênis de sempre, irreconhecível. Sabe quando você usa um sapato apertado durante o dia? Parece que todo o corpo é vencido pelos pés. Desconforto. Sigo adiante. E, depois de muito apertar os meus passos, continuo a caminhada muito próximo a esse homem. Tento sempre desviar das poças d'água pelo caminho, das pedras, mas de nada adianta quando um ônibus corre ao meu lado e faz o favor de me molhar, pateticamente, da cabeça aos pés. O homem nada percebe.

Veja você: nem ouro, nem prata. Apenas a aposentadoria de minha tia. E, embora tenha visto possibilidades nessa nova terra, apenas a recebo de braços entreabertos. As pessoas é que demoraram para estender os braços. Fechados em grupos de não-realizadores de porcaria nenhuma, achando estar em terra europeia. Incrível: Europa em um país tropical! Casacos de pele, cachecóis alados, cabelos topetados, festas no Clube Curitibano, academias de musculação, corpos de praia?, chocolate quente nos bistrôs, aparência inglesa – e nunca souberam me explicar as casas sem calefação (calor apenas dentro do Shopping Mueller e Crystal) –, as favelas, os catadores de lixo, os livros escritos mas não lidos, músicas não ouvidas, a verdadeira cidade. Curitiba: capital mundial dos shopping centers!

Na próxima esquina ele para. Eu me viro e finjo estar caminhando na direção oposta. Vejo de soslaio que ele olha para todos os lados, como quem não quer ser visto, e entra em um pequeno café do outro lado da rua. Corro para debaixo de uma árvore e espero pelo sinal fechado. Quando estou quase chegando perto do café, esbarro em uma mulher com seus vinte e poucos anos junto a um homem com uma bengala. Eu os reconheço. Peço desculpas e paro ao lado da entrada. Eles vão de encontro ao homem-que-não-me-era-estranho e, com uma complexidade íntima, sentam-se à mesma mesa. Finjo estar esperando alguém por ali, acendo mais um cigarro e apuro meus ouvidos e olhos para entender sobre o que falam. A mulher: então, trouxemos o livro que pediu que escrevêssemos.

Pensei que o melhor que eu tinha a fazer era salvar essa gente. Talvez a única solução para essa cidade. Mas logo vi que ela me contaminou. É grande como é. Quase nada pode ser feito por aqui. Tive, portanto, a convicção de tomá-la para mim. Construir essa nova cidade, a minha Curitiba. Para isso bastou trazer a antiga aqui do meu lado. Reinventá-la. E é desse novo lugar que me despeço, hoje, primeiro dia de julho de 2005.

Vejo quando o homem deixa sua bengala ao lado e tira da bolsa da mulher uns papéis. Mesmo de longe consigo ler o título em caixa alta na primeira página: **NÓS, DA PROVÍNCIA**. Ele começa a ler em voz alta. Que saudades de Curitiba! Sábado, janeiro de 1995.

À MESMA HORA DE TODOS OS DIAS

À mesma hora de todos os dias, ele vem para a frente de seu computador, prepara a cadeira, acende calmamente o cachimbo, baforando-o por diversas vezes até o fogo tomar conta do bojo e do fumo. Procura por seus arquivos e pensa, para que então possa começar a escrever. Sempre inicia o texto com uma ideia, ainda que vaga, do que possa vir a acontecer com os personagens. Nunca tem a narrativa pronta em sua cabeça; ela faz-se durante o bater dos teclados. Nada de inspiração. Isso não existe. O trabalho, sim. Aquilo que vem aos poucos, ou desesperadamente, em sua cabeça, não se chama inspiração. São feixes de ideias que surgem, ou melhor, re-surgem de algum lugar já visitado por ele. Os lugares são os mais variados: livros, peças, filmes, vida, festas, conversas, olhares, pensares, etc. São desses lugares que vêm os fatos, as ideias, os feixes de imaginação... Novamente: o outro lhe traz o que chamam de inspiração. Engenho e arte. Se um é a «inspiração», o outro é o trabalho. E vice-versa. O labutar sobre o vivido, sobre o visto. A partir dessas considerações, ele conclui que: sendo assim, escrever é um talhar ideias alheias, matutar sobre aquilo que já fizeram. Sim, a minha voz nada mais é do que a voz do outro ruminada. Continua ele a pensar. Os feixes neuromáticos cansam-se também. Por isso nada vem quando queremos. Por isso ele tem crises de não-ideias. Crises de não-vir. Essas crises podem ser alimentadas por alguns minutos ou por alguns anos. Mas isso é prejudicial ao seu bolso. Se fica parado por anos: não come. Não publica nada = não-dinheiro. Parece óbvio. Mas nunca publicou nada mesmo. Ele por vezes se desespera. Ele por vezes flutua pelas teclas sem tocá-las. E a tela: ele a modifica para o amarelo. Dessa forma imagina estar escrevendo em um desses livros novos que agora usam essa cor. Por que escrever? (risos). Às vezes esses feixes de ideias provenientes do outro vêm tão voluptuosamente que ele precisa descarregar (moldando) aqui, no papel. Esse momento é doloroso. Dói. Quando pronto, a dor é ainda maior: outros lerão as palavras insossas querendo o (não) sentido. Mas qual o sentido disso tudo? (mais risos). Ele acha que tudo não passa de uma brincadeira. Ele acha que tudo não passa de um mata-tempo. Ele acha que tudo é a importância de sua vida. Ele acha que se não o fizer, morto pode ficar. Ele acha que nada presta. Ele acha que as formas que as palavras criam são a resposta da criação divina. Ou a criação do inferno. Ele acha... Todos acham (Ana C.: «a gente sempre acha que é/Fernando Pessoa»). Freud diz que o homem criou um deus à imagem de nosso pai. Esse pai nos agride e nos protege. Ele (esse) criou o texto à imagem do outro. Esse texto o agride e o protege. Ele insiste em ler, ler muito. Dos livros alheios ele escreve. Certa vez pensou em escrever um romance. O enredo: um príncipe perde o pai – rei – assassinado pelo próprio irmão. Esse irmão fica com o reino e com a rainha. Durante uma noite qualquer, o fantasma do pai aparece para ele pedindo por vingança. O príncipe não sabe se pode confiar no espectro de seu pai (na época desse romance, fantasmas apareciam por três motivos: por vingança, para indicar um tesouro escondido ou para resolverem algo que ficou pendente quando vivo). No desenvolver da história, ele, apaixonado por uma moça linda que se mata enlouquecida de amor, descobre que o fantasma de seu pai não está mentindo. Deve ele matar o tio e vingar a honra de seu pai? Deve ele esquecer de tudo isso e fugir com sua amada? Ser? A ideia desse romance ainda está arquivada em seu computador.

Na frente de seu monitor, todos os dias, nas mesmas horas, ele protege seus autores preferidos, criando sensações de leviandade. Rouba-lhes a dor, rouba-lhes a alegria. Mas é certo que há muita labuta. Labutar é preciso (diz o Gonzaga Jr., seu nome também é plágio...). Ele pára. Coloca mais fumo no bojo de seu cachimbo, pega a caixa de fósforos (a mesma dos sambas) e o acende. Baforadas mil. Os feixes somem. Ele é um ser-lugar-comum. Perde o fio da meada. Vai até sua estante. Corre os dedos pelos livros até encontrar *O Equilibrista do Arame Farpado*. Abre-o e encontra o capítulo que lhe ensina como achar o fio da meada. Os livros têm essa função: nos ajudam a tecer o fio da meada. Ele o encontra. O Flávio também rouba o outro. Suga-lhe a vida. Mas todos fazemos, não tem como escapar. Não, nunca mostrou o livro para ninguém. Parece existir uma barreira da não-publicação, da não-gravação. Quem és tu? As pessoas poderiam ao menos perguntar. Porém, calam-se. Curitiba. Ele continua o engenho e arte, prossegue... O cachimbo parece estar bem aceso. Sim, furtou o fumo do estereótipo. Falta-lhe deixar a barba crescer, cortar os cabelos (esperar que se tornem cãs por completo), criar barriga e, naturalmente, aprender com precisão a arte de furtar ideias e labutá-las. Falta-lhe aprender a escrever. Isso não se sabe. Mas se pensa assim, por que está a escrever agora? Ele exaure de seu cachimbo profundas baforadas e tecla. O quê? Não se sabe. Não consigo perceber as letras. Elas trançam-se sob meus olhos e formam palavras em um idioma incompreensível. Ninguém pergunta quem é ele. (?). (!). (...). Pausa!

Pensa.

Re-pensa.

Visita.

Re-visita.

Acabaram-se os feixes. Acabaram-se as horas. Precisa do outro. Ele então dá suas últimas baforadas diante de seu pré-texto, salva o que escreveu, fecha o arquivo, desliga o computador e, suavemente, escorrega a cadeira de modo que possa se levantar. Mais um dia começa a nascer pela janela. Curitiba tem a mania de abrir os olhos embaçados. Isso lhe dá um toque de timidez (ou atrevimento?). O ar matinal dá a ele o prazer de ser curitibano. (...). Sabe que precisa furtar o outro. Agora é um bom momento (sempre o é). Sai para a rua. Caminha alguns quarteirões e, apesar do evidente frio, já sente calor. Tira o casaco. Incomoda-se com ele nos braços, mas assim mesmo o carrega. Chega à praça Osório. Sim, é lá que o (seu) outro sempre está. Não se contém de ansiedade quando vê pessoas, muitas pessoas. Elas caminham para o trabalho, elas voltam do trabalho, elas estão, são. Depois de caminhar por elas, de tropeçar em suas ideias e guardá-las consigo, ele senta-se em um banco da praça. O mesmo de sempre. O mesmo de suas histórias não-publicadas. E dali rouba outras, outras. Publicáveis talvez? Alguém perguntará ao menos: quem é você?

Volta para casa.

Passa por seus livros.

Deita seu corpo pleno

e dorme até à mesma hora de todos os dias...

DESRITMO

Desviando das muitas malas e pessoas espalhadas pelo chão, tonto de cansaço, aproxima-se de um banco. Percebe um espaço vazio e senta o corpo pesado no assento descascado pelo uso. Carrega, preso ao braço, uma única bolsa velha pelo tempo e pelo manejo. Distante do sentir, desfila as pálpebras assustadas pelas pessoas sentadas na mesma fileira de bancos. Parecem incomodadas com sua presença. Não sente o próprio estar.

Ao lado direito, roçando o braço, uma mulher cuida os olhos nos filhos correndo por entre as malas. Um deles pára em frente ao homem e demora-se em seu rosto. (...). Não mostra nenhuma reação e continua a olhar pelo canto dos olhos apenas pessoas ao redor. Intrigado com a presença daquele estranho senhor com a bolsa presa ao braço, o menino estende lentamente a mão na direção desse rosto alheio. Sua mãe, que tratava de socorrer o outro filho soterrado entre duas malas, volta em meio a tropeços para o banco a tempo de evitar que ele tocasse o homem. Pede desculpas pelo incômodo, agarra o filho pelo braço e procura um outro lugar em uma fileira distante dali. O homem acompanha sem mexer a cabeça - e em silêncio - o menino indo embora. Sorri pelo canto da boca. O garoto faz o mesmo.

O filho sempre espalhava coisas pela garagem: eram criações de menino, brincadeiras com os amigos. Madeiras. Dessa forma, apagou as luzes, ligou o alarme, desceu do carro e subiu as escadas tateando a parede até encontrar a porta. Sua casa. Vai direto para o quarto, desprende-se da bolsa presa ao braço, despe-se e entra no banho.

Ao seu lado esquerdo, vê um casal de adolescentes se beijando. Eles não parecem se importar com o tumulto de pessoas subindo e descendo para os ônibus. Também conseguem perceber o homem sentado ao lado os observando: continuam se apertando. Ele desvia levemente o corpo da cadeira e vira-se para o casal: uma menina, talvez quinze anos, entrega os grossos lábios e a língua para um rapaz aparentemente mais velho. Ela alisa suas pequenas e macias mãos pelas costas do namorado, que retribui o carinho escorregando suas mãos por dentro de sua camisa. Gemem baixinho só para o homem ouvir (?). Mas logo desiste do casal, devolve o corpo para o assento do banco e aperta sua bolsa contra o peito. Protege-a.

Ele esconde os olhos de seu filho para aquela cena. Entrega-o para alguém e debruça-se sobre o corpo da mulher. Engasga-se com o choro. Suja-se com o sangue ainda quente. O homem procura vida pelo pálido rosto do corpo estirado pelo chão. Caminha os dedos por seus traços femininos e alisa, atentamente, os longos cabelos. Perde-se entre eles. Sente os grossos fios correndo seu corpo e parando em seu sexo molhado pela boca da mulher. Ela o abraça estonteante, aperta-o. *La petite mort*. Voltando dos cabelos, vê a grande morte à sua frente. O homem coloca seus leves dedos nos olhos da mulher e os fecha: ela, agora, continua em seu filho.

Tão logo volta para o assento e aperta sua bolsa de encontro ao corpo, escuta o grito ardido de um passageiro correndo com dificuldades entre as malas e pessoas, em direção ao portão onde o ônibus sai lentamente. Ele passa às pressas pelo homem que o acompanha virando apenas a cabeça. No caminho, o passageiro esbarra em diversas pessoas, todas reclamam. Xingam-no. Ele pisa sobre malas, desvia, derruba. De longe, o homem observa o filho mais novo da mulher entrar debaixo das pernas do passageiro. Voa longe. A mãe o acode. Ele sente frio, arrepia-se com a confusão. Aperta sua bolsa ainda com mais força de encontro ao peito e ouve, ao fundo, o choro estridente da criança e a mulher, aos gritos, blasfemando o passageiro. Este alcança seu ônibus e, baforando o ar freneticamente, acomoda-se na poltrona. Tentando fugir dessa bagunça, o homem ainda sentando no banco abre o bolso de sua jaqueta, pega o cachimbo, prepara o fumo e o acende. (...).

Sente muita fome. Caminha até a cozinha, abre a geladeira e esquenta o almoço. A essa hora a moça já deve ter ido embora. A casa está toda em silêncio. Chama pelo filho: nada... Por um momento preocupa-se com a ausência do menino, mas logo se lembra que hoje alguém o levaria para a fisioterapia. Senta-se em frente ao apresentador do telejornal. Acende seu cachimbo. Bafora-o. Sono. Fecha os olhos.

Vislumbrado com a fumaça que sai de sua boca, perde-se em pensar. Não sente estar. O som das vozes à sua volta parece desprender-se dos ouvidos. Olha apenas para o caminho de fumaça que flutua pela frente: pára no formato dos longos cabelos da mulher estirada no chão. O vento faz com que os cabelos se inquietem. Alisa a fumaça. Ela está nua em sua cama: corpo de adolescente: dezessete anos completos. Ela: cabelos longos. Ele: chegou aos vinte. Ele se deita sobre o corpo da menina e beija a boca. Passa a língua pelo corpo. Chupa os peitinhos. Ela retribui o sexo. Continuam na cama. Ela: trinta anos. Cabelos longos. Mãe. Ele: pai. Um senhor ao seu lado abre a janela, sufocado pelas baforadas. A fumaça logo pousa para fora do cachimbo. A mulher não está mais nua em sua cama, mas estirada no asfalto, pálida. Ele: encostado ao lado da morta.

O homem levanta-se, segura a bolsa e caminha pelo corredor da rodoviária em direção ao banheiro. Sente o sexo apertar sua calça. Pulsa até um vaso sanitário. Liberta de seu corpo a urina tingida de vermelho. Um outro homem ao seu lado percebe o rubro líquido e se preocupa. Oferece conversa. O homem, ainda com as calças abaixadas e segurando a bolsa presa ao braço, desprende palavras contínuas, difíceis: sente medo: não pude evitar: ajudava meu filho a atravessar a rua. Dificuldades com as rodas. Fomos pegos de surpresa. Assim, como em um piscar de olhos, tudo mudou. A vida tange de um lado para o outro realmente em um átimo de segundo. O equilibrista caminha pela corda: se piscar perde o ritmo. Se o coração latir mais forte, o corpo se desequilibra para a esquerda. Gauche. *Acho que foi isso que aconteceu: piscamos e fomos surpreendidos pela quebra do compasso cordial...* Pára de falar. Coloca as calças. Sai do banheiro. Ninguém o acompanha.

Ele caminha de volta pelo corredor sem se deter a mais nenhum detalhe, apenas o que parece ver ao longe. Vai, fugaz, superando malas e pessoas: desvia de umas, pisa sobre outras. Prende sua bolsa ao corpo. Os olhos perdem-se no único ponto que vê à frente, sem ainda percebe o quê. Distingue somente um brilho diferente da luz do sol: um brilho cromado.

O coração pulsa torto. Desequilibra-se.

Aos poucos, aproxima-se do lugar para onde caminha. As pessoas parecem entender seu desespero e abrem espaço até sumirem por completo.

Vê uma cadeira. Rodas espalhadas. Embaixo de seu carro clareia-se o corpo do filho. Os solavancos na garagem não eram as criações do menino ou brincadeiras com os amigos.

O homem volta a se sentar em um dos bancos da rodoviária. Ele desprende a bolsa de seu braço, abre-a e salga uns longos fios de cabelo.

AUSÊNCIA, ?

*Agora, imediatamente, é aqui que começa
o primeiro sinal do peso do corpo que sobe.
Aqui troco de mão e começo a ordenar
o caos.*

(Ana Cristina Cesar)

Deixo a vida, assim como um livro empoeirado fica esquecido no canto escuro de um armário por anos: não vivi, passei. Esse livro nunca fora lido, pouquíssimas pessoas escorregaram mãos, ainda que distraídas, por ele. Sim, ele teve bons momentos. Fora gerado com uma grande paixão hippie, paixão baseada na entrega fugaz, e total. Foi em uma noite quente (norte do Paraná) há dezenove anos. Eles se caminharam para o quarto montado no fundo do quintal da casa de alguém e, sobre retalhos de colchas velhas, juntaram-se fervorosamente. Tudo aconteceu como manda o figurino: música, gemidos, cigarros... Logo no dia seguinte, ele foi carregado por sua moto para uma base da marinha, muito longe de lá, e nunca soube da existência das palavras desse livro. Sofreu. Viveu. Não voltou. Tudo por causa das águas. Por ela aportavam muitas pessoas com diversas vidas, alegrias, tristezas, doenças... E essa última não foi muito amiga dele. Veio a nova praga pelas águas do oceano atlântico para habitar na dureza do corpo de um dos autores do livro - que sou. Ela não se mostrou de boas caras e veio logo sugando o peso dele. Depois lhe roubou o cabelo, afundou os olhos, o peito, os órgãos, deu-lhe o não-uso da bexiga. Me contaram: no meio da noite acordou. Explodia uma vontade de urinar. Tudo o que queria era usar o banheiro. Cambaleando de sono e pisando por sobre seus companheiros da marinha, chega até o vaso sanitário. Desabotoa a calça e nada... Aos poucos sente pontadas finas na barriga e uma forte ardência o arrebata para o chão. Não sem antes soltar um esbelto e verdadeiro grito. A essa hora, todos que dormiam no mesmo quarto já estavam ao redor para ajudá-lo. Pela perna desnuda, escorre um filete de sangue grosso e escuro que vem de seu pênis. Seus amigos chamam pelo médico do navio. Nesse espaço de tempo, enquanto o médico não chega, ele solta o mais aterrorizante grito (pelo menos para um dos amigos que estava ao lado e que mais tarde me contou sobre seu fim) já ouvido pelas paredes frias daquele navio de guerra. Foi quando a urina desandou a sair junto a um esguicho de sangue (agora mais opaco). Parecia que a bexiga começara a se soltar em pedaços de carne. As partes inflamadas começaram a sair, também, junto ao seu vômito. Patético, essa era a palavra. O fim veio sem ele nunca ter lido seu próprio livro. Repito. Ela de nada sabia. Até aquele dia, quando entrou pela porta da sala um homem enorme, vestindo uma farda igual àquela que eu via nas fotos sobre a nossa estante. Ele me pareceu muito sério. Chegou em mim, pousou sua mão sob os meus cabelos e fez uma cara de tristeza, como aquelas que ela fazia quando olhava para as mesmas fotografias do casaco sobre a estante. Lembro-me de tê-los visto cochichando algumas coisas no canto da parede, evitando a minha presença por lá. *Quem cochicha o rabo espicha...* E em seguida a vi se lamentando em um choro desandado e lastimável. Ele me contou. Senti saudades daquele que nunca tinha visto pessoalmente. Eu apenas o carrego em mim, não o vivo. Mas mesmo assim sinto que tudo ficou vazio com a ausência dele. Mas aí o Carlos me disse: "Ausência é um estar em mim", e isso ninguém nunca tira de nós. Certo. Porém, eu me tiro de mim. Deixo a vida assim como quem escorrega a unha em um disco de vinil e pula, pula aquela música para sempre... Ela teve outro ele. Vi seu sorriso voltando aos poucos, a ausência morava em *meu* quarto, em mim. Ela queria a presença. E a teve. Tivemos a presença desse outro ele em nossa casa. Foi bom. Enquanto ele não se ausentou. E a levou para sempre. Eu não estava lá nesse dia, mas vi tudo o que aconteceu. Senti. A ausência ocupa muito espaço em mim. Ele estava dirigindo. Ela apenas ao lado, falava ao telefone (comigo), lia, descansava, dormia... dormir foi o erro. O carro corria em uma velocidade normal. Estrada limpa, boa, vazia. Ela era deles. Logo chegariam aqui. Não fosse o caminhão. Maldito caminhão de uma transportadora de móveis. A curva era fechada, mas eles a estavam contornando perfeitamente, o caminhão é que veio para cima do carro. Eu o percebi vindo, sabia de sua aproximação. Para protegê-la virei o carro de modo que pegasse nele, não que eu não gostasse dele, mas ela... Esse foi o meu erro: eu estava dormindo, relaxada, e assim estava meu pescoço, descontraído. Não deu outra: o caminhão esmagou as pernas dele, enquanto que ela não teve um arranhão sequer pelo corpo todo. Apenas quebrou o pescoço. (apenas?) Eu tentei, em um esforço desesperado (em vão), segurar sua cabeça para não chicotear, mas não consegui, foi muito rápido. Quando vi, já tinha acontecido tudo. Ele ainda conversou com ela logo após o acidente. Conversaram sobre o governador: qual seria o próximo programa eleitoral que fariam? Poderiam contratar algum professor para falar bem dele e, quem sabe então, conseguiriam elegê-lo. Eu participei dessa última conversa por diversas vezes. Sim, o assunto se repetiu. Ainda se repete. E quando (esperançoso) pergunto se o Álvaro vence as próximas eleições, ela me responde ora que sim, ora que não. Mas com certeza lembro-me da última palavra que trocou no elevador de casa: *ele vence ou não? Não!* (falou brincando?). E agora? Pensei. Eu tinha a presença em mim = ausência. Tinha três. Nada mais.

Erro novamente no testamento. Deixo a minha ausência para você (ela) assim como quem estou: atordoado. Fique com minha ausência em você. Assim como tenho a falta silenciosa deles em mim. Repito o ato da poeta: ela disse e eu insisto: meu corpo também começa a ficar pesado... e sobe, sobe, contrariando a lei da gravidade. Queria trocar de mão e ordenar o caos em mim, mas o caos me ordenou a pular a vida. *Deixe-a para trás. Depois você volta, daqui a dez anos* (a poeta também disse isso. Ela foi e se esqueceu em um livro (?)). Se quiser me ter novamente, basta tirar o pó de cima de minha capa, colocar-me na claridade e abrir. Leia--me. Desculpe se algumas páginas ainda estiverem em branco, é que não tive tempo de completar o que eles começaram a escrever.

Anoiteço no sereno. Corro os olhos por cima da janela de minha casa e vejo o quadro com sua fotografia (de + ela). Ela sorri. Feliz ao lado desse outro ele. Sinto um vazio. Meu estômago dá sinais de mal estar. Vomito pelo tapete da sala. Titubeio o passo e vou até a janela. Retiro o quadro da parede. Sinto dores em meu abdome. Vejo alguém entrar em minha casa e caminhar até o interruptor de luz. É a poeta! Eu sabia que voltaria.

Vou morrer amanhã: portanto, gostaria que você (ao menos) viesse fechar meus olhos. E nunca, nunca se ausente de mim, por favor!

O MAIS SÔFREGO DOS TROMBONES

Em meio à multidão que já toma conta da praça Osório nessa manhã, um velho caminha com muita dificuldade em direção ao seu local de trabalho. Nunca conseguiu um emprego que lhe prestasse a carteira assinada, garantindo, assim, uma possível aposentadoria. Ao contrário disso, ele viveu de rua em rua por todo o país tocando seu instrumento. Nunca teve o tão sonhado contrato com uma gravadora. Mas teve uma boa vida quando jovem. Hoje, vê-se uma infelicidade crônica em seu rosto quando carrega o instrumento. A rua quase nunca lhe agradou, muito menos agora, quando deveria estar em casa aos cuidados dos filhos (que perdeu). Mas não fosse a rua e seu trombone, nada teria para comer.

Ciente disso, o velho aporta em meio a tropeços embaixo da árvore favorita, ao lado do chafariz da praça. Ele pára, deposita a pesada caixa com o instrumento no chão. Ajeita as costas que doem impiedosamente há muitos anos, coça suas longas cãs parando no fim da barba e senta-se no banco. Não se anima em abrir o velho *case* do trombone e tocá-lo. A música tornou-se sua maior tortura. As pessoas nas ruas nunca olham para o velho cansado soprando o sôfrego instrumento.

Ele não sente a menor vontade de tocar nessa manhã, mas assim mesmo, contra sua vontade, abre a caixa e retira seu instrumento. Antes de tocá-lo apoiando-se no encosto do banco, levanta-se para ajeitar o *case* aberto à frente. Colado na parte interior da caixa está o dizer: *Obrigado pela colaboração*. Era naquele local que as pessoas poderiam depositar qualquer valor em troca de algumas melodias (sofridas).

Vergonha. Tinha vergonha de ser o que era: alguém falido na vida. A música, tão querida música, tornara-se sua maior inimiga. Doía ouvir belíssimas canções sendo tocadas pro nada. As pessoas costuravam seus caminhos desviando das tortas notas musicais que saíam de seu trombone. Os sinais de uma cidade abrigam os sons andarilhos de todas as formas, portanto, ela era sua única espectadora assídua, ela roubava-lhe as notas, confundia-lhe os sons. Passos, burbúrios, cochichos, gritos, buzinas, motores, construções, música, jovens, velhos... Curitiba.

Mais uma vez com um esforço tremendo, ele volta ao banco, segura seu instrumento, levanta-o à altura de sua boca, enche os mancos pulmões e assopra mais do que um pálido ar, mas sim toda uma dor de estar ali. As primeiras notas saem fortes, com energia. Porém, ao continuar a melodia, elas tropeçam entre si, fracas, quase caindo. O velho puxa mais ar para os pulmões e pro diafragma, surge, então, o desenho de uma canção. Às primeiras linhas se tornam uma melodia irreconhecível, mas logo se percebe um esboço mais nítido. A letra da música sempre anda junto à melodia, dessa forma, tão logo a canção tornou-se real, surge o poema. Alguém ao seu lado começa a cantarolar: "É com tristezas que relembro coisas remotas que não vêm mais..." O velho, ainda tocando seu trombone, vira-se para ver quem está ao seu lado a cochichar a belíssima letra da música: é um jovem músico, carregando um bonito *case* que parecia guardar o mesmo instrumento de sempre. É um trombone. O jovem, que também sobrepassa uma leve tristeza em seu rosto, para de cantarolar a música, abre a caixa e retira um efusivo instrumento que brilha ao refletir o sol. O velho sente uma leveza em seu soprar, e parte para mais uma canção, emitindo resistentes notas. Ele ouve o mesmo som vindo do trombone do jovem músico. Eles tocam a mesma música. Ao lado desse jovem duas crianças e uma bela moça que lhe sorri lindamente ao ouvir essa canção. O velho emociona-se e toca o trombone chorando: é a música favorita da moça. As crianças puxam a camisa do jovem músico pedindo para irem embora. Ele deixa de acompanhar o velho músico, recolhe o instrumento na caixa, abraça a moça e parte, não sem antes jogar algumas moedas para o velho. Ele, então, vê o jovem distanciando-se junto às duas crianças e à mulher. Continua a embalar as notas, até perceber um menino ao seu lado curioso a ouvir o diferente instrumento. O velho estanca o som e olha para ele. O músico estende o trombone ao menino que quase cai com o peso do instrumento. Ele o endireita em seus pequenos braços, ajeita-o na boca e lhe mostra como fazer para sair som. O menino risonho imita os mesmos gestos do velho. Na primeira tentativa o ar passa em versos brancos e livres. Mas depois de mais algumas tentativas, o menino consegue coroar algumas notas insossas que saem do trombone. Eles não se contentam de tanta felicidade. Em seguida, o velho músico pega seu instrumento novamente e vê o menino misturando-se às outras pessoas na praça. Senta-se. Descansa por alguns minutos, respira profundamente e, quando ia começar a tocar novamente, ouve o som de trombone (familiar) vindo do lado oposto do chafariz. Eufórico e surpreso, o velho recolhe o instrumento para dentro de sua caixa e aos tropeços aproxima-se do outro músico. Ele inclina sua cabeça para além do chafariz e vê o mesmo menino (que acabara de sair de seu alcance) a tocar, gloriosamente, para um aglomerado de pessoas que, extasiadas pelas melodias tiradas do trombone, sorriem e choram. Entre uma nota e outra, o menino vê o velho aproximando-se e lhe agradece. Diz que conseguirá.

Mais algumas notas e o som acaba. A pequena multidão move-se um pouco mais adiante do chafariz para ouvir canções tocadas por um outro trombone. O menino não está mais ali. O velho deita os olhos por entre as pessoas e vê uma moça e duas crianças ao lado daquele jovem que há pouco havia partido. Ele está a tocar o (mesmo) trombone com o leve ar de tristeza em seu rosto. Por alguns segundos ele pára de fazer as notas soarem para dizer ao velho - parado ao seu lado - que ainda não conseguiu, mas que há de conseguir. Disse essas palavras, guardou o instrumento na caixa, sentiu uma pontada nas costas, segurou as crianças e a moça e foi embora.

O velho músico, ainda inebriado pela música do menino e do jovem músico, desvia seu andar dos olhares alheios, caminhando errado pela rua XV. Não tem mais forças para tocar essa manhã. Ele ajeita seu casaco e carrega o pesado instrumento de volta para casa.

ÉPHÉMÈRE

Todos os dias. Vício. Tenha eu que dar minhas aulas ou apenas ficar em casa. Saio e passo por lá - entro em lojas, tomo um caldo de cana, como um pastel na lanchonete do Chang e caminho pela Osório. Sim, novamente estou lá. Curitiba tem praças e mais praças, parques e mais parques, mas a praça Osório exerce um fascínio delirante, único e sem cabimento. A imagem da cidade é celebrada por esse lugar. O chafariz do centro da praça está sempre em harmonia: contamina os melindrosos meninos que brincam sempre na fogosa busca por um banho ou apenas para jogar água um no outro. (Isso quando não são impedidos pelos fiscais da prefeitura). Quando estamos no inverno, a água intocável do chafariz desliza seu corpo pelos rostos de quem ali passa. O vento nessa parte da praça em Julho é muito forte. O sol sempre leva as pessoas a saírem de casa e caminharem por lugares, e quando vão à Osório encontram sempre coisas agradáveis para fazer, a praça parece estar sempre sorrindo em cores, músicas e pessoas, e quando chove, a praça parece se exibir ainda mais pedindo para que olhem sua beleza estonteante. Poucos o fazem. Usam a praça para cortar caminho e irem à rua XV. Debaixo de chuva a coisa fica ainda mais fria: os olhares vãos apenas para frente, impedidos de se abrirem ao redor pelos atropelos dos guarda-chuvas. Ignora. Mas mesmo assim, a Osório sempre parece feliz. Sabe que tem sua função para os curitibanos, mesmo que seja de um vivo atalho.

Hoje, quando acordei sem nenhum compromisso, deu-me um frio na barriga pensar que poderia sair tranquilamente por aí, entrar em sebos, lojas de discos, tomar meu caldo de cana e sentar na Osório. Isso é o que eu gosto de fazer. Saí da cama, com meu mal-humor costumeiro, fui ao banheiro, escovei os dentes, lavei o rosto e me troquei. Nunca tenho fome pela manhã. Por isso, logo que me arrumei, peguei minhas coisas e fui.

Comecei meu passeio de todos os dias passando pelo Shopping Curitiba, o mais lixo de todos os lugares em Curitiba. Pessoas feias estão por lá todos os dias, sem nenhum conceito. Que absurdo. Falo como se fosse o mais bem servido de todos, isolado desses feios que frequentam o shopping. Mas falo sob as cabeças mesmo.

Enfim...

Atravesso para o outro lado e continuo minha caminhada. As pessoas já estão nas ruas. Vejo-as, mas não as sei. Assopro uma canção atrás da outra. Sempre me pego cantando sem mais nem por quê (essa é conhecida). Logo depois que fui deixado às moscas, ladrilhando o assoalho, perderam-me as canções por perto. Mas elas chegaram de mansinho, sorrateiras, por de trás da porta, até que me tiveram novamente. E desde então as falo. E por falar em canção, vejo o sebo Fígaro. Ah, é agora mesmo que usarei a literatura para falar desse lugar... Desespero. Me afobo em colocar as palavras em ordem, mas me concentro e começo: sim, são mal-educados... todos. Bem, nem todos. A filha é linda! Apaixonei-me assim que a vi, tinha então uns dezessete anos, rosto de menina, seios pequenos (os mesmo seios rosados de sempre). Mas de nada adiantou ter me apaixonado por essa garota - nunca troquei mais do que três palavras com ela sucessivamente... e sempre foram para perguntar quanto custava o livro e que então eu o levaria. Ultimamente tem estado ausente. Não está mais com os dezessete anos, agora já se passaram sete que entrei na loja pela primeira vez. Bem, mas esqueçam isso, quero falar dos mal-educados... todos, o pai, que é dono, fecha-se em seu casulo de falta de educação, e abusa. Fim da picada (é essa a expressão!), a mãe, os meninos... Mas calma lá, mesmo assim eu já comprei muitas coisas deles, muitos livros e discos. O que me faz ser assim? Boa pergunta. Só para acabar esse papo do sebo: sabe que só se pode ouvir dois CDs por pessoa lá? Se você quiser comprar três, tem que ser em dois dias, um dia pede dois e no outro mais um. Não acham brilhante essa ideia?

Enquanto escrevo, continuo minha caminhada rotineira, já estou na rua 24 Horas. Sim, outro empoeirado! Mas é lá mesmo que sempre estou. *Contradiction. Addiction.* Onde está o estilo prometido para essa rua? No início foi um fervor, belo lugar, ótimas lojas (caras, mas boas), mas foram-se as promessas e vieram os resultados desastrosos. Já passaram por lá em dia de chuva? Só um conselho para quem ainda não o fez: mantenham os guarda-chuvas abertos se quiserem continuar secos... Passo sem olhar para os lados. Caminho a canção em silêncio. Agora estou em Chico. Chego em sua companhia à praça Osório.

Logo na esquina está meu caldo de cana favorito. *Ah, meu cliente preferencial de todos os dias* (ele deve dizer isso para todos os outros, mas acho que gosto de me enganar). Já chego pedindo o de sempre (com muito limão). Ele me serve e viro rapidamente o copo. Muito bom... quando termino de beber o último gole, viro-me de lado e vejo: ela era linda! Perfeita. Vestia uma saia de algodão curta, com as costas de fora. Tinha os seios pequenos e bem formados dentro do vestido. Os cabelos eram lisos, longos e pretos. Ela passou por mim naturalmente sem olhar para os lados, e continuou. Eu paguei meu caldo de cana e entrei na Osório atrás dela. Observava-a de longe. Tentei me aproximar para ver sua beleza ainda mais de perto, mas não conseguia. Apressei os passos, de nada adiantou. Comecei a perceber que um homem estava ao meu lado, correndo junto a mim o tempo todo, não dei muita bola no começo, mas agora ele estava me atrapalhando. Paro. Vejo a mulher ir embora, vira o chafariz e se confunde com a multidão que vai e vem pela praça. Parado ao meu lado vejo Baudelaire. Ela passou. Foi-se. Ficou comigo apenas por alguns momentos e nunca mais a virei. Esquecerei seu rosto. Ele será substituído por outro. É sempre assim... O poeta olha para mim e sorri sarcasticamente. Lembro-me de Ana C. Abomino Baudelaire querido. Procurei na vitrine de uma loja o modelo perfeito, brutal, mas nada vi. Olhei para mim no reflexo e vi o passante. Volto-me ao lado e não mais encontro o francês. Foi-se também. Todos que passam um dia se vão.

Foram-se. Cabisbaixo, volto-me para a praça e me sento no banco mais próximo. Muitos rostos escorregam por mim em segundos e somem. Fico horas sentado por ali, olhando o efêmero.

...

Pergunto as horas para alguém, levanto-me e saio da praça.

Passando pela rua 24 Horas (no sentido inverso), vejo novamente Baudelaire. Percebo de longe que conversa com aquela que passou por mim. Os dois divertem-se. Ele não nota minha presença. Aproveito e saio da rua.

Vocês poderiam pensar agora que ao passar de volta pelo Fígaro (faço sempre o mesmo caminho) eu me encontraria com a menina-linda-dos-seios-pequenos-e-rosados-que-não-tem-mais-dezessete-anos, não é mesmo? Seria ótimo. Pois é... Passo pela vitrine, coloco meus olhos no balcão, procuro por toda loja, mas só encontro os meninos-sem-educação que trabalham lá. Não paro. Shopping Curitiba, lojas americanas, compro um chocolate. *Addiction*. E chego em casa.

Sento-me na frente do computador com meu chocolate ao leite, um copo de guaraná Antártica Diet e acendo meu charuto baiano. Baudelaire está ao lado de Ana C. e Manoel de Barros na estante de minha biblioteca. Em cima da mesa flores (do mal?). Em cima dele meu gato. Tiro-o de cima do livro. Ele sai elegante levantando a cabeça, esnobando-me. Abro as flores. Fígaro. Solto a fumaça de meu charuto. Ela intromete-se entre meus olhos e o poema. Aquela que vi por um momento se foi. Sei que não volta.

Eu fico. Fico árvore.

Mas para ficar árvore, diz Manoel, é preciso partir de um torpor animal de lagarto às três horas da tarde, no mês de Agosto.

Desisto do livro. Vou até meu pequeno jardim na sacada do apartamento. Águo a roseira.

Agosto é o pior mês do ano.

SONHOS: CLICHÊS

Tentei.
Fui como tinha que ser.
Disse.
Fiz
flores,
sonhos: clichês.
Mais sussurros.
Gotas de choro,
suspiradas,
uma a uma.
Estive ao todo.
Sei que se não o fizesse:
não-desejo.
Mas o fiz.
Exagero (?).
Apenas fui.
Tirou-me de quando
nunca tinha sido antes.
Fui.
Quisera não ter sido,
aí voaria?
Mas fui.
E joguei fora
mesmo não querendo fazer.
Ardo ainda.
Seguro-lhe os seios.
O canto dos olhos

disse-me
que as rosas secas que vieram com você,
lindas,
me são.
Não a queira para um fim.
Acalme-me a dor.
O poema me fez
o que nunca tinha sido antes.
Fez-me tudo.
Sou.
Como pode querer o não-poema?
Sou pleno.
Quero vida,
pele,
cheiro.
Não ao Carbono!
...
...
...
Não mais,
nada da fúria do não-quero.
Dou-lhe a canção.
Aceite-a.
Seja para mim!

SUAVIDADE PÁLIDA DE UM DIA DE SOL

> *Era mesmo uma estátua: tão branca era ela.*
> *A luz dos tocheiros*
> *dava-lhe aquela palidez*
> *De âmbar que lustra os*
> *mármores antigos.*
> *O gozo foi fervoroso...*
> (Álvares de Azevedo)

Nem mal amanheceu e o homem já estava a se levantar, sonolento, debandando as colchas retalhadas para fora de seu colchão. Ele procura pela menina, mas ela já não estava mais ao seu lado. Com um certo esforço farrista, ele abre os olhos pesados diante da claridade do dia que entra pela fresta da janela. Percebe a luz. Ainda sente o cheiro da noite anterior. Corre lentamente o olhar pelas sombras projetadas nas paredes e abre um sorriso de prazer. Ouve um leve ruído vindo do banheiro. Logo, imagina o corpo pueril da menina sendo acariciada pela água. Sente uma leve dor em seu sexo. Pé ante pé, driblando a bagunça da noite que se mostra pelo caminho, vai até o chuveiro: vê as costas nuas, pele branquinha, longos cabelos sendo aparados por seus dedos. Ele segura sorrateiro o rosto da menina com as mãos e a carrega de volta para o quarto. Deita-a na cama, cuidando para que fique exatamente no centro, entre os dois travesseiros. Retira alguns fios de cabelos dourados que estavam em seu rosto, colocando-os para trás da cabeça. Sente o calor exalado da pele branquinha da menina sair junto ao vapor do banho quente que estava a tomar. Um feixe de luz corta os dois bicos dos seios rosados, revelando-os sem nenhum disfarce. O homem deita seus lábios sobre sua barriga desnuda de pudor e marcada pelo prazer da noite anterior. Volta-se ao redor da cama e recolhe algumas dezenas de botões de cravos vermelhos que estavam caídos por todo o chão. Espalha-os ao redor do corpo da menina. Excita-se a cada gemido, a cada centímetro daquela pele branquinha que exala o perfume das flores. Sua língua caminha por todo o corpo contorcido sob os cravos. Demora-se no umbigo, nos seios, no pescoço... Debruça-se desesperadamente sob os lábios molhados da menina que pareciam pedir pelo toque febril do homem (durante a noite esses mesmos lábios entorpeceram-se uns pelos outros, mas nunca é suficiente, essa é a lei do prazer). Os lábios masculinos encontraram-se com o sexo feminino. Beijos molhados. O homem tocava-o entre as coxas da menina, acariciando a pele branquinha (repito) e perfumada que tinha à sua cama. Ardência. Ele o coloca, carinhosamente, dentro da boca da menina, que o desliza suave, perdido por entre sua língua e saliva.

Já estava anoitecendo quando o homem saiu de sua casa em direção à praça Osório e a encontrou caminhando junto às amigas. Eles trocaram pequenos olhares e foram na mesma direção. Ela estava voltando da reitoria com mais quatro amigas como fazem todos os dias. Andando pela rua XV até a praça Rui Barbosa para pegarem os ônibus e irem para casa. Caminhada debochada, leve, alegres conversas... Todas ainda falando sobre as aulas. Hormônios. Ele enlouqueceu com aquele rosto desenhadinho (esculpido) da menina. Viu-se perdidamente atraído pelo seu corpo pueril. Despiu com os olhos os pequenos seios (rosados) e, ali mesmo, os abraçou calorosamente. Começou a caminhar bem próximo à ela, e sentiu o perfume de cravos vermelhos que vinha de seu corpo... Olhou bem de perto os lábios carnudos...

Move-o em sua boca sagazmente, tonta de prazer. Segura o gozo. Deita seu corpo por cima do dela. Penetra-a.

Ao se aproximar da menina, suas pernas tremiam de ansiedade. Precisava falar. Contar o quanto era linda. Ela demorou os olhos nele. Parecia que nada existia de mais belo do que o olhar daquele rosto de menina se engraçando com o homem. Ele perdeu-se. Foi até ela. Trocaram algumas palavras. Mas logo ficaram mudos, apenas olhares. Quando isso aconteceu já estavam na praça Rui Barbosa. Ele a esperou despedir-se de suas amigas e foi tê-la.

Ela o tem dentro de seu corpo. Ele movimenta-se dentro dela. Sente a frescura de sua pele de pêssego. Retém mais uma vez o gozo e continua a penetrá-la, e ela: contorcida.

Foram a um bar. Beberam, conversaram, riram, beijaram-se... Lábios contra lábios. O homem sente os seios rosados roçando seu peito. Acaricia os longos cabelos da menina e a leva ao seu quarto: abraço ante abraço, beijo ante beijo, chegam à sua casa. Entram cambaleando e vão direto para a cama. Ele sente sua visão tremer quando percebe que a menina já está sem o *soutien*. Basta empurrar a camiseta e os têm. Vê os seios pedindo, chamando-o. Eles despem-se. Ele dentro dela: gozo. Depois de beberem todo o vinho da casa, o homem percebe que o momento é aquele (?): carrega a menina até o banheiro e deita-a na banheira. Liga a torneira e logo se perdem entre o vapor da água que enche os corpos.

(...)

Ele a mata.

Vai para o quarto e sente o cheiro do sexo. Esparrama-se pela cama e dorme com um leve sorriso no canto da boca.

Continua em um movimento cada vez mais frenético. Entontece. Sai de cima da menina e goza por cima da pele branquinha, pêssego, fria, perfumada pelos botões de cravo...

O MESMO MAU CHEIRO

Eu não me lembrava porque estava sendo levada daquele quarto. Os dois homens que empurravam minha cama conversavam coisas que eu não conseguia entender. Esforçava-me aguçando meus ouvidos para decifrar o que diziam, mas só o que percebia eram palavras perdidas de sentido. Por um momento, parei meus olhos em um feixe de luz que saía de uma janela e atravessava o branco do teto. Percebi meu corpo reto nessa cama com a cabeça apontada para cima, impossibilitada de qualquer movimento para os lados. Apenas mexia as pálpebras. Desespero. Quanto mais era arrastada pelos corredores, mais frio e medo ia sentindo. Medo de não saber o que estava acontecendo. Tentei resgatar as últimas gotas de força em meu corpo para perguntar aos homens o que estava acontecendo, mas a voz me faltou. Em meu pensamento eu gritava com eles, mas era como se fossem surdos: nenhum dos dois homens esboçava qualquer reação. Eles realmente não me ouviram. Logo após uma curva, onde o corredor ficava mais claro e mais frio, esbocei uma pequena tontura: fechei os olhos. Senti-os pesados, meu ânimo não mais existia. Foi-se a força.

No quintal de casa, vejo-me quando menina. Penteio os cabelos de minhas bonecas sentada perto da mangueira: rodeio-me de amigas. Sempre riso, nunca pranto. Volto-me para a direção da voz de minha mãe chamando-me, da porta, para o almoço. Largo as bonecas, beijo as amigas e corro para a mesa junto aos meus irmãos. Todos falam pelos cotovelos.

Logo à direita, vejo pessoas entrando e saindo do quarto de minha mãe. Escondem-me o choro. Meu pai senta-se próximo à porta com o rosto escondido pelos braços. Percebo que um homem velho sai do quarto carregando dois grandes pacotes, embrulhados em um rolo de papel vermelho. Sinto um péssimo odor rodeando-lhes. Náusea. Corro para o banheiro. Vomito. Alguém entra atrás de mim e me abraça.

Há muitos meses que não tenho mais as amigas. Escondo-me embaixo da mangueira. Evito a voz de minha mãe, mas sempre sou levada por ela. Ouço-a incessantemente durante o dia. Pranto sempre, nunca riso. Meu corpo evita aproximar-se daquele quarto e olhar para aquela desfigura. Por isso sempre demoro-me a chegar. Entreolho-a pelo vão da porta, abaixo meus olhos e entro pé ante pé. Acompanha-me o mesmo mau cheiro dos embrulhos carregados pelo velho homem. Ela pede ajuda para ir ao banheiro. Dou-lhe a cadeira.

No fim de um dia deram-lhe uma cama de madeira. Acharam que sobrava espaço dentro dela, por isso cortaram-na pela metade e, com a parte que sobrou, meu pai fez-me uma casinha de bonecas.

Com muito esforço, depois de ter deixado os olhos cerrados por alguns segundos, consegui retomar parte da força para mantê-los abertos. Vi quando um dos homens passou por mim sorrindo e entregou qualquer coisa para duas mulheres. Elas começaram a me levar novamente pelo corredor. O caminho agora era bem mais escuro. Não havia qualquer sinal da luz do sol roubando o preto do teto. Apenas lâmpadas acesas. Essas lâmpadas foram me acompanhando até o fim do corredor, quando entramos em um quarto: o mesmo de onde eu havia sido retirada. As ideias começaram a aparecer novamente. As duas mulheres que me acompanharam até o quarto forçaram a parte móvel de minha cama, retiraram-na e me deitaram sobre outra cama. Embaixo de novos lençóis. Agora conseguia escutá-las e entendê-las. *Senhora, daqui a pouco alguém virá vê-la. Não se preocupe.* Espero. Apenas não ouvia minhas palavras.

Já posso, com um leve esforço, mexer meus braços. Viro minha cabeça para a janela. É noite. Minha vista dói levemente, apaziguando-se com o escuro do quarto. Ainda não me lembro do quarto. Não é o meu. Não encontro os meus móveis, televisão, os porta-retratos. Corro os olhos pelos cantos deste lugar e vejo uma porta entreaberta. Percebo que é um banheiro. Preciso me aliviar. Sei que posso caminhar até ele; tenho minha força novamente. Viro-me de lado no canto da cama e mexo minhas pernas. Vejo apenas uma obedecendo ao meu comando: sinto a outra, mas não a vejo.

Agonia.

Puxo efusivamente o lençol, derrubando-o no chão: olho para a perna obediente - toco-a - mas ao lado, vejo apenas um pequeno toco de minha outra perna.

Levaram-na.

Vejo tudo ficar preto ao meu redor, salgo meu rosto desenfreadamente. Lembro-me da ferida eterna que já me tomava o joelho.

Na porta por onde cheguei, alguns vultos de pessoas entrando:

Elas trazem ao quarto um velho e conhecido mau cheiro.

AQUI JAZZ

Ao som de Ella Fitzgerald

> *Encontrar a personalidade na perda dela -*
> *a mesma fé abona*
> *esse sentido de destino.*
> (Bernardo Soares)

Parecia que eu estava entrando em um bar de jazz em New Orleans. O lugar tinha pouca luz e muita fumaça flutuando pelas cabeças das pessoas. No fundo do bar, sobre um pequeno palco, um pianista desliza seus dedos pelas teclas fazendo-as soarem suavemente. Abraçando o som do piano, uma mulher desprende sua voz estonteante. Apesar de perceber os murmúrios de conversa por toda a parte, aguço meus ouvidos para ouvi-la. Ela chora sua voz perguntando: *how long has this been going on?* Sinto um grande aperto em meu peito. Aquela voz faz com que o bar estremeça: envolve-o e me deixa seguro. Busco espaço entre o tom da canção e me aproximo de uma mesa. Sento-me próximo ao palco improvisado.

Tudo é banal nesse espaço que penso. Faço novamente o plágio de existir dentro desse mundo. Todos já falaram sobre isso. Por todas as pessoas passei com os ouvidos abertos - os dois. Entraram palavras por um lado, caminharam pelo vácuo e saíram aquecidas - mas fugazes - do outro. Por que apenas agora essas palavras fazem sentido? Mas sinto que são outras palavras. Lamentos. Sim, são palavras de sentimento lugar-comum. Sou lugar comum. Não estou em New Orleans, o bar fica em Curitiba. Ainda por aqui. Não consigo me desprender desse vil sentimento de falta e de repetição. Frases feitas vêm à cabeça, coloco-as em prática. Não me acho na frente do espelho embaçado pela fumaça do meu *Romeu y Julieta*. Consigo, com muito esforço, esboçar um outro ao meu lado, mas esse outro tem um segundo outro, com novas palavras derramadas pelo canto da boca maculada de verniz. Será que alguém já pensou como seria bom se pudéssemos esticar ou encurtar o tempo? Tenho a ligeira impressão que finalmente vou dizer algo original: se eu pudesse voltar atrás... se eu pudesse parar o tempo naquele, ou... naqueles momentos de falta, eu com certeza faria diferente. Ela estaria aqui: nesse lugar-comum comigo. (Original? Risos).

Escuto uma gargalhada ao meu lado: é o outro que cai no chão a rir sobre esse último comentário:

- Seu otário.

Sei que repito, (infinitamente), o já dito. E nada faço para mudar isso. Tenho uma fraqueza absoluta cá dentro. Concedo-me por isso uma licença, quase que poética, para pisar em lugares-comuns: *weakness*.

Pouso os meus olhos na direção da porta, esbarrando na fumaça e nas palavras jogadas sem nenhum cuidado por todos. Fico assim por horas, dias, meses... mas depois de uns cinco minutos ela entra. Olha por cima de tudo e me acha. Vem. E com ela todo um momento, um choro, um sorriso. Vem à frente a canção inédita que estava por ser escrita, mas que ficou guardada no fundo do armário. Dizem que o amor não tem pressa, mas sei que não pode esperar. Mentiram: o futuro não nos tornará amantes. Vêm as tortas palavras ditas no último segundo ecoando em todas às outras. O outro ao meu lado torce o pescoço e repete minhas palavras: *façamos o fim já que assim o quer*. Fácil como tirar doce da boca de uma criança. Dessa forma, fez-se o fim. Mas logo quis a volta. Quis dizer que esse não era eu, os entreolhos não são nossos, devem ser do outro. Não estávamos à noite no frio de Curitiba dizendo aquelas malditas palavras. Penso, penso, penso, mas não adianta... sei que não escapo dessa mentira.

Vejo-me entre o mesmo de sempre: alegrias infinitas por muito e por pouco tempo. Esse tempo passa, vem a linha que me leva ao fim, um fim salgado de choro. Foi assim com tudo. E sei que vai ser assim sempre: a volta do meu lugar-comum é naturalmente entre o sal.

Como pensar no homem que te possui depois? Como não me encontrar em seu gozo?

Diga-me, ô!

A moça está tão próxima de mim que já posso sentir seu perfume. Vejo que arrumou os cabelos da forma que eu não gosto. Traz aos lábios um forte batom vermelho. Nos olhos derramam-se traços escuros de lápis. (Quantas vezes disse-lhe palhaço!). Movimenta-se de uma forma como se fizesse questão de me mostrar sua roupa: salto alto, saia, blusinha. Eu nunca quis. Não. Desgraçou-me a arte querida. Não percebi que dessa forma eu a estava perdendo...

Como está linda! (vai entender, oras.).

Puxou a cadeira silenciosamente e sentou-se ao meu lado. Nada dissemos. Ela apenas virou-se para o garçom ao lado e pediu uma batida de coco. Ficamos em silêncio por mundos.

Passei o dia no hospital. Fomos levá-la para a cirurgia que faria no dia seguinte. Foi tranqüilo: paramos o carro em frente ao hospital, chamamos um dos enfermeiros para nos ajudar a colocá-la na cadeira de rodas e nos encaminhamos à recepção. Foi feita toda a ficha de internação e marcaram a cirurgia para às nove da manhã. Esse dia seguinte demorou quatro meses para chegar. Foi um tempo difícil. Choros e risos cortavam-se a todo momento. Em casa, chamamos mais uma para nos ajudar porque ela não mais caminhava. Não tinha passos suficientes para apagar a luz do quarto ao dormir. Mas tinha força. Voz. Canto. Nas últimas semanas cantava ao meu lado. Por vinte e quatro anos cantou comigo. *Maria sororoca rebenta pipoca... Maria sororoca rebenta pipoca...* O milho virava algodão branco e comíamos com café, bolinho d'água e bolacha.

Choro.

Tudo isso nada mais é, apenas foi. Está.

Fomos embora do hospital seguros. *E você, filho, força que ela está apenas pensando... Fale com a mãe dela. Beijos, até amanhã.* Esse amanhã ainda não chegou.

Ao meu lado está a moça bebericando sua batida de coco. Disse-lhe: *ela não agüentou. Fez a cirurgia, deu tudo certo. Passou seis horas na sala de operação. O médico até saiu da sala dizendo-me que tudo havia ido melhor do que o esperado. Quando me disse isso, relaxei. Que alívio! Também pudera, fiquei todo o tempo sozinho na sala de espera, agoniado com a demora. Fui embora - para as aulas - assim que o médico saiu da sala. À tarde não estava mais tudo certo. Cheguei ao hospital e muitos já choravam. Tremi. Minhas pernas ficaram bambas. Não queria continuar até onde estavam todos. Mas fui levado. Desse momento, até o fim, não mais senti o corpo. Disseram-me que trinta minutos depois da cirurgia o sangue afinou e não mais coagulou. O médico não me achou durante à tarde. Como disse, fui dar aulas. Ele me levou até à UTI. Eu a vi, dormindo, linda. Vi a força pela última vez, deitada, com um leve sorriso no canto dos lábios, satisfeita por ter levado uma vida como levou, sempre feliz, sempre ajudando... Tentei te ligar nessa hora, mas não te encontrei. Liguei para outra cidade e contei o que estava acontecendo. Ela chorou muito, se culpava por não ter ido ao hospital. Minha mãe. Eu disse a ela que de nada ia adiantar, ela não entendia. Chorava. O coração quase a derrubou. Bem, durante à noite não dormi. Pela manhã ligaram-me do hospital. Ela tinha ido. Morreu às nove da manhã.*

Percebi que a moça se perturbou com a história que lhe contava. Mas não me disse nada. Pegou sua bolsa, levantou-se da mesa e foi. Caminhou novamente entre palavras e fumaça presas no bar até a porta.

Busquei, com meus olhos, seus últimos passos antes de sair para rua. Ela parou por um instante, virou-se, olhou-me como quem diz: *viva sua vida* e saiu.

Atrás dela, a mulher do hospital.

Foram-se.

NADA MAIS QUE UM PEQUENO DIÁLOGO... COM O CARBONO

Pensando melhor, por que esperar?

...

Por quê? Quer pensar?

...

Seja racional e veja o que te aconteceu: era. Não o é mais?

...

Sim, mas e daí? Continuará não sendo?

...

Até quando?

...

Ah, sim, então tá. Pense assim mesmo. Não quer mais o barroco das notas? Não quer mais palavras? Não era tudo o que lhe importava?

...

Então continua sendo como a palha que queima em uma fogueira... continua.

...

Mas não se esqueça, essa fogueira se apaga a qualquer momento com a garoa. Ainda mais em Curitiba.

...

Bem, é você quem sabe. Estou apenas querendo ajudar.

...

Sabe, eu vejo como se tudo estivesse indo pra longe. Um fim que é tão clichê quanto ao que foge do que faz. Aquele fim forçado. Sente o mesmo?

...

Você realmente acredita que não é mais? Quando me mostra o que acontece com você, penso que tenho razão. Nós, carbonos, sempre temos razão. Você não acha?

...

Pois então pode acreditar.

...

É muito chato mesmo. Mas são coisas que podem ser relevadas se quiser. Não quer pensar assim?

...

Como não consegue? Me explica melhor.

...

Como assim? Já tentou encarar tudo o que acontece (daquilo que não gosta) como um nada? Já buscou a imagem de nada para essas pessoas, por exemplo?

...

Como assim? Ora, vamos pensar juntos: veja bem os seus de quem sempre reclama. Quem que te causa maior aborrecimento?

...

Ela mesma. Não é sempre que estão juntos, certo?

...

Ok. Então quando estão, ela te faz menor, não te observa.

...

E você cansou, certo?

...

Pense assim: quantos te acompanham?

...

E não acha o bastante pra ser outro?

...

Então!

...

Sei que não é simples assim. Mas você tem que olhar as pessoas no silêncio.

...

Preste atenção, não é um silêncio qualquer.

...

É aquele de quem faz - o silêncio da chuva.

...

Esqueça o afago. Ele só te mostra o errado, o inalcançável.

...

Além do mais, se você acha que ficaria um tanto quanto egoísta, então nunca poderá ser nada. Ficará, à parte disso, apenas com todos os sonhos do mundo.

...

E o clichê.

...

Eu vejo mesmo. Fraco. E digo mais, parece que é isso que quer.

...

Não é? Então goste!

...

O que aconteceu ontem?

...

E eles ficaram como sempre?

...

Idiotas?

...

Sim, também penso assim. Mas será que adianta apenas falar para mim esse tipo de coisa? Faça o que eu te disse: use o silêncio.

...

Bem, está tentando ser as partes novamente... não acha que deveria aceitar uma postura inteira. Ser algo cheio e não mais esse pálido pastiche das partes.

...

Não sabe como se faz?

...

Desse jeito, infelizmente, tudo que buscar para fazer terá esse tipo de problema, sabe por quê?

...

Porque você não é muitos. Ouviu?

...

Ah, não sabe disso?

...

É verdade, não sabe. E quer mais? Nunca saberá.

...

Faça o seguinte. Esqueça. Não está mais aqui quem falou.

...

Apenas me beije.

E foi o último dos beijos.

PRÉ-FICÇÃO, PREFIXAÇÃO:

Estou em semicompleto estado de abandono. Largaram-me apenas com o devaneio. Ela sempre ao meu lado - *amor*. O real me pertence, tenho o contato das pessoas, conheço o mundo, lábios inferiores e superiores, gemidos, dores, sussurros, confissões. Tudo ainda ata-se ao meu corpo, mas onde anda a companheira do meu pensamento? Sempre só nessa fachada. Sim, tudo me parece uma grande fachada: o que eu quero, o que eu sou, para onde ando e como escorrego. De todas as palavras que trançaram meus olhos e ouvidos fico apenas com a *Falta*.

É por todos sabido e vivido que quanto mais temos, mais queremos, mas onde anda o que tenho? Tenho a arte? Quero a arte, mas falta-me ar para alcançá-la no fundo do rio. Falta o diferente, o comum já está aqui, é plágio, é falta de tino. Gostaria de descobrir e amaldiçoar o dia em que acreditei que poderia publicar livros e gravar canções - *a melhor música popular do mundo é a música brasileira*. Quem disse que podemos avaliar uma obra como melhor que a outra? Como julgam a arte? (sei sim, isso é lugar comum, canso aqui.).

Mandei dezenas de cópias de um pré-livro de coisas, mas elas os despacharam furiosas para meu endereço, deram-me as portas fechadas, deram-me mais fachadas, flechadas, freadas... Sim, repito-me nesse sujeito como a eterna volta dos temas, esse é o meu tema. Mas apesar da volta, caminho adiante, ressentido, cambaleando idéias mil sobre minha pré-arte. Não penso em mais nada, não faço questão de saber sobre uma vida com regalias subsidiadas, apenas quero a não-falta das palavras, quero o não-abandono solitário de meu pensamento, quero as pessoas quebrando fachadas.

Aperto meus passos para fugir da chuva que cai desesperada sobre meu rosto, maculando a máscara. Consigo, entre tropeços, esconder-me debaixo de uma pequena marquise, que mais me suja do que protege. Desvio o olhar da chuva para as pessoas ao meu redor: todas parecem ter a mesma fisionomia, o mesmo corte de cabelo. Existe um silêncio desorganizado entre essas pessoas que estão ao meu lado esperando a chuva diminuir. Ouço com firmeza o gotejar sobre o velho pano do toldo. Cada estilhaço que percebo traz-me uma palavra surda.

Viro-me para uma moça ao lado e puxo assunto: *Que chuva, hein?* A que me responde (cega) brevemente: *Pois é!* Tento estender a conversa - eu quero fisicamente tê-la -: (...) Digo compulsivamente centenas de frases. Não as percebo. Apenas vejo a moça virar-se para mim e levantar os ombros mostrando que não entende o que falo. Falo em inglês. Desespero-me em não conseguir verter as palavras para o português. Não lembro do meu idioma. Paro de falar. Penso. Penso o português. Lembro de tudo, mas quando abro a boca, novamente ao inglês. Sem entender, titubeio entre as pessoas na pequena e velha marquise e saio de frente com a chuva. Caminho pelas poças.

Choro. Repito.

Pergunto-me o porquê. Maldito idioma, bendita a comida que tenho por ele! Mas quinze minutos é muito tempo. Ficar quinze minutos em frente a uma pessoa aprendendo como dizer a palavra. *First! Não Firts, First! Entendeu?* Isso é patético. Quero mais do que ficar em volto às fezes lingüísticas, falar o idioma mal-dito e bendito pelos livros que estão em minha estante. Por favor, mude o rumo, dê-me o fim.

Pisando distraidamente nas poças d'água pelo caminho e ainda recebendo a chuva pelo corpo, passo em frente à praça Santos Andrade. Bem à entrada principal da universidade, vejo um homem embaixo de um belo guarda-chuva andando apressadamente. Eu me detenho por um momento, meu estômago parece cortar minha barriga com uma faca bem afiada. Hesitação. É ele, o responsável pelo meu interesse nas letras. Devo louvá-lo? Sou suas palavras costuradas em histórias, sou um pouco de sua arte. Tenho vontade de ir ao seu encontro e convidá-lo para conversarmos: *seus livros foram um marco muito importante em minha vida. Sabe, que quando li Trapo e em seguida vi a peça, pensei: é isso que eu quero ser: escritor! Falei para todos com orgulho. Mas mal sabia de toda a dificuldade em ser o que não se pode ter. De qualquer forma comecei a jornada pelas letras, no mesmo instante que saí do teatro Ouro Verde com a turma do colégio. Londrina. Durante a semana fui diversas vezes às livrarias comprar livros e mais livros. Discriminaram-me por isso. Ainda o fazem. Passei a assumir a voz do outro, por isso tornei-me as palavras. Tricotei palavras para as pessoas as soltarem do novelo e enrolá-las novamente.* Canso-me assim. Ele passou reto e eu nem cheguei perto. Continuei, ensopado pela chuva. Entro em uma galeria, olho ao meu redor e vejo três putas sujas levantando as blusinhas para que eu pudesse escolher uma entre elas. A mais alta se aproximou e disse: *por dez reais faço tudo: chupetinha, bucetinha e bundinha, quer?* Ela abriu a boca para chupar um de seus dedos e vi que tinha apenas três dentes. Senti vontade de vomitar. Agradeci a oferta e me aproximei da entrada do bar. Ao lado da porta central vejo homens se acariciando em frente a um cinema pornô. Meu estômago dói a marteladas. Passo pela porta de um bar e sento na primeira mesa vazia que vejo. Ao meu redor existe uma quantidade enorme de mulheres insinuando-se para homens maltrapilhos. As putas levantam as saias, passam as mãos pelas calças de seus possíveis amantes, beijam na boca. Algazarra. Consigo perceber uma música tocada bem no fundo, encoberta pelas vozes e gemidos das pessoas. Sertaneja. Uma jovem usando um velho avental na barriga aproxima-se de mim e pergunta o que vou tomar. Peço uma água. Olho fundo...

Esse é o lugar ideal para minha pré-arte: escória, fim, decadência. Tudo que nem sequer começou, acaba por aqui. Lambidas, chupões, beijos, sujeira, palavras, tudo a granel.

De uma hora para outra, uma mulher senta-se ao meu lado. Ela sorri e eu percebo os três dentes livres pela boca. Assim de perto me parece muito mais acabada, velha. Tem diversas cicatrizes pelo rosto e muitas rugas. Sinto um cheiro de urina vindo de sua roupa. Tento me levantar, mas consegue me impedir: volto pesado para cadeira. A jovem garçonete chega com a água, e mal a coloca na mesa, tomo-a pelo gargalo. Falta-me a vida.

Penso em fuga... mas fico.

Logo que termino de beber toda a água pela garrafa, vejo-me rodeado de homens e mulheres. Mas eles não me parecem pertencer a esse lugar. Todos cheiram bem, vestem-se bem. Uma dessas mulheres estende sua mão até à mesa e solta um livro, coloca-o ao meu alcance. Assim o faz, um dos homens repete seu gesto, e mais um, mais uma, e todos. Eles saem. Fico na mesa com a puta e meus livros. Devolveram-me todos...

Mais uma vez a pre-ideia fora desgraçada! São minhas histórias.

A mulher ao meu lado pega uma cópia e começa a ler. Olho de relance para ver o que lê: nada. Todo o livro está em branco. Ela o folheia. Corro os olhos sobre os outros à minha frente. Vejo o branco. Volto-me para a puta ao lado, seguro seus porcos cabelos e a puxo para perto de meus lábios. Beijo-a. Sinto meu sexo crescer. Levanto-me da mesa, pago minha água e a levo para um dos quartos em cima do bar.

(...) Nada penso... apenas sigo o cheiro fétido de seu sexo.

Seguro-a em pé ao lado da cama desarrumada pelo sexo do casal de antes, e beijo todo seu pescoço na penumbra: o mau cheiro não mais me incomoda, apenas excita-me. Ela quer o dinheiro agora. Pago-a. Tiro sua roupa. Nua, ela abre meu zíper e me chupa.

Por dez reais faço tudo: Chupetinha, bucetinha e bundinha. Quero gozar em seus peitinhos murchos. Mexo-me para o lado e acendo a luz do quarto. Pego uma velha caneta sobre a estante e escrevo por todo seu corpo minhas palavras: dou-lhe minha pré-ficção. Escrevo o último ponto, sento em cima de sua barriga, masturbo-me até ver o esperma deslizando pelo seio, misturando-se com as palavras.

REVOADA... E FOI

> *Quantas*
> *bocas a cidade vai abrir*
> *Pr'uma alma de artista se entregar*
> *Palmas para o*
> *artista confundir*
> *Pernas para o*
> *artista tropeçar*
> (Edu Lobo - Chico Buarque)

Da sacada do sobrado eu vejo o primeiro convidado aproximando-se. Dessa vez havia aceitado meu convite definitivamente, mesmo não me conhecendo. Combinei os horários com os outros de modo que tinha certeza que ele seria o primeiro. Por isso fiquei na janela vendo movimentos passarem e esperando os apressados, mas serenos, passos aparecerem. E eles mostraram os dotes; viam chutando pedrinhas no meio da calçada, despercebidos do dono. Agora o vejo por inteiro. É uma sensação de impotência muito grande, mas é um não-conseguir-fazer-nada capaz de dar forças para me apresentar disfarçando a euforia: era como se ele fosse uma pessoa normal, substituível. (tentei esse truque). Talvez eu não tenha conseguido disfarçar a respiração forçosa, mas agora pouco importa, ele já passa pelo portão de minha casa. Está na sala. Assim de perto, vejo o quanto sou mais alto que ele, e o quanto exagerei na formalidade do traje: sua calça *jeans* desbotada contrasta com meu conjunto social de calça e *blazer*.

Sinto um forte calor.

Tiro o casaco.

Alivio-me com sua presença descontraída. Ele ajeita-se, confortavelmente, em meu sofá de canto e acende um cigarro. Exalo a fumaça com uma satisfação furtiva: roubo-a para mim. Na sala apenas eu, ele, o cigarro e o silêncio. Imaginava que não existia o clarão do silêncio em sua vida; achava que sempre cantarolava novas e velhas melodias, mas parece que me enganei: só o que escuto é o tragar do cigarro e a brasa queimando. Preciso dizer alguma coisa, explicar porque o convidei para jantar e dizer que teremos mais companhias. Mas não tenho tempo. Ouço o ranger do portão. Alguém sobe as escadas. Olho no relógio sobre a cabeça de meu primeiro convidado e noto que realmente já está na hora de receber o segundo.

Ela pára na porta, entreolha-nos, esboça um sorriso e entra. Assim que caminha em direção ao primeiro convidado, o sorriso irradia-se cada vez mais, alojando-se nela. Ela esbanja felicidade. Ele abraça-a, esbarrando-se nos plenos e longos cabelos que cortam as duas faces de seu rosto. Quando começa a falar, percebo que tem uma voz diferente daquela ouvida nos discos. Mas ainda assim forte. Viva. Mesmo quando apenas mostra sua voz em palavras trocadas, entendo a canção que arrisca.

Percebo o rosto de meu primeiro convidado esboçando um grande sorriso de surpresa e satisfação ao se encontrar com a moça. Os dois não param de se abraçar e beijar e cantar e sorrir.

Sentados.

Estou de frente para os dois que parecem desabidos do mundo lá fora. Vejo seus lábios moverem-se ardentemente em uma canção conhecida. Fixo meus ouvidos nas palavras que cantam. Reconheço-as. Sei-as por inteiro, descabidas de qualquer arranjo, sem qualquer confete. Sei palavra por palavra, tin-tin por tin-tin. Por isso sinto-me livre para acompanhá-los na cantoria. Aproximo-me deles e finjo um som. Minha voz calada, nada diz. Tento novamente dizer, e o inaudível está dito. Sufoco-me na palidez de minha voz que sem força canta para dentro as palavras ditas na canção de meus convidados.

Eles cantam.

Eu me calo.

Triste, caminho até a janela e vejo meu terceiro e último convidado vindo apressadamente para minha casa. Ele traz seu violão. Chega em frente ao portão e olha desconfiado para a casa. Não imagina porque fora convidado para esse lugar. Ressabiado, passa pelo portão e caminha até a porta. Canção. Abre seu sorriso mais alegre ao ver meus outros dois convidados sentados no sofá a cantar. Acho que se sentiu aliviado e confortável ao vê-los. Delírio. A minha presença é mais uma vez desconsiderada. Caminho ao redor dos três que, agora sentados no chão com as penas cruzadas, tocam e cantam suas músicas, esquecendo-se de tudo. Eles nem se lembraram de perguntar o que estariam fazendo ali e quem os havia convidado. Nada disso importa nesse momento, o que realmente querem é cantar, usar a arte que tão facilmente existe neles. Invejo os três. São a arte em estado mais puro. Invejo-os por saberem cantar amantes, amores, traições, melancolia, alegria. Invejo-os por saberem ser. Invejo-os por tê-los tão perto e não poder tocá-los e, além de tudo, não ser percebidos por eles. Conheço todos os passos dessa estrada. Sempre soube que não ia dar em nada. Nunca. Conheço todos os segredos que possam guardar, menos o de ser. E esse, invejo ainda mais. Não sou, nunca fui e nunca serei. (?).

Tudo o que eu havia planejado fazer com meus convidados foi esquecido. Não me lembrava mais o que estaria fazendo com essas pessoas no meio de minha sala. Escuto-os murmurarem palavras. Estão conversando, mas não entendo o que dizem. Tento me aproximar, mas não é possível. Sinto náuseas. Grito, mas o som não me sai. Quero falar com eles, perguntar, entender. Ser. Mas nada é possível. Criou-se a barreira. Eu não existo naquela sala. Eles não me vêem, eu não mais os escuto. Consigo apenas observar o que estão fazendo: levantam-se. Vejo que mexem os lábios, mas não consigo ler o que dizem.

O primeiro convidado aproxima-se cautelosamente de sua amiga e tira-lhe a camisa expondo os pequenos seios rosados. Para minha surpresa ao redor dos seios, vejo longas penas coloridas. São penas de pássaros. Belíssimas. Ele vira-se e depara-se com meu outro convidado já sem roupa alguma. Seu corpo também está coberto pelas mesmas longas penas coloridas que vejo em sua amiga. Todos como pássaros. Assim que vejo seus corpos tenho medo, mas sei quão belos são e logo sinto tranqüilidade. Aos poucos vou conseguindo distinguir sons. Pequenos sons. Caminho ao redor. Eles abrem os braços e longas asas aparecem. Brilham por toda sala. Trinam canções. São as mesmas de sempre.

Conheço-as todas.

Sou as palavras.

Cada nota que falam me faz sentir arrepios pelo corpo. Fecho os olhos, nada vejo. Apenas sinto. Passeia um leve toque suave em meus braços. Um toque macio, de penas. Abro os olhos e consigo ver que estou sendo abraçado. Os três abraçam e fecham-me em um casulo de penas no meio da sala. Sinto-me protegido. Choro. De dentro desse abraço os trinos são vozes. E me dizem para ser. Solto o peso de meu corpo em suas asas. Eles colocam-me no chão e batem as asas. De onde estou consigo ver apenas o teto e os três voando em círculos por ele. Em um momento, eles se aproximam de mim em revoada, e um deles acolhe meu corpo com suas (curtas) garras. Voa-me junto a todos. Passeia pela casa e sai pela fresta da janela seguido dos outros dois.

Vejo Curitiba preso a um pássaro. Ela ainda me é.

Depois de algumas horas nessas condições, o pássaro me solta em seu ninho. (alto, longe da cidade). Caio suavemente em um lugar macio e por ali fico. Fico horas, dias, meses, anos...

Dia a dia sou alimentado por um dos três pássaros. Primeiro uma pequena pena. Depois outra. Eles me levam comida, pessoas, cidades, palavras, calor. Longas penas surgem. Eles me são. Alimento-me de todos eles. Coloridas. E de lá nunca saio.

(...)

Longas penas coloridas já tomam meu corpo por inteiro. Foi inevitável a transformação. Estando no mesmo lugar deles, comendo a mesma comida, convivendo com os mesmos tipos de problemas não teria como não ser como eles. Aprendi até a trinar velhas e novas canções (palavras).

Sou feliz. E nunca saí deste lugar. Até que um dia os pássaros disseram-me para voltar. Para eu ir sozinho. Voando. E isso eu nunca tinha ousado.

Apreensão.

Caminhei até a ponta do ninho com muito medo. Subi na borda. Abri as asas. O sol faz sua parte: reflete todas as cores que eu havia recebido nesses anos todos de pássaro. Lindo. Abri o bico, estufei o peito e trinei alto, belo. Usei a música. A arte. Todos pareciam ter inveja: viam-me arte. Dessa forma, dei o impulso para o primeiro (e mais importante) vôo. Soltei-me.

Minhas asas abertas batendo contra o vento fizeram com que eu me sentisse forte, belo. Fui para meu primeiro voo e foi como se soubesse voar há anos. Passava em rodopios trinando euforia pela árvore que segura o ninho, pousava em outros galhos, voltava ao ninho, e os três pássaros, felizes com minha segurança, observavam e me aplaudiam. Decidi que antes de partir precisava me alimentar novamente. Por isso, pousei no ninho mais uma vez ao lado de meus pássaros.

(...)

Foram três golpes com o bico, um atrás do outro, direto no pescoço de meus anfitriões.

Foram ao chão.

Desci rapidamente e comecei a comê-los. Um por um. Alimentei-me. Abri as asas e voei para a cidade. (criar raízes e se arrancar).

Fui para casa.

TRAZ-ME, TALVEZ, A FLOR QUE EXALO POR SOBRE O CARBONO

Algo me aperta o peito e me faz confessar.

O que será que me dá?

Desfaz-me a inércia do toque.

Veio a mim pelas letras.

Não me cabe o centro da rua:

venho pela margem.

Pára-quedas aberto.

O pouso foi suave, caio sobre a vontade de você.

Palavras

e notas.

Todas elas vão para uma melodia.

A melodia vem de longe, muito longe, para seu lado.

Encanta-se.

Não fossem as palavras, nada.

E se as perco?

Como conter o silêncio que elas me entregam?

No espelho vejo o que não quis.

Aquilo que me trouxe é lido.

Só palavras.

Não à pele.

Não ao cheiro.

Não ao rosto.

Não ao corpo.

Sim às letras.

Nesse dia, abraça-me.

Frio rompido, corrompido pelo teu corpo.

Tenho, à flor da pele, a vontade.

Mas se quer a ausência?

Entrego-a porque a quero do meu lado.

Salgo o rosto.

Acredita que o papel se inverteu?

Não sou mais quem não está o tempo todo.

Sou, agora, como o outro: inverso.

Assusta-me o clichê. Medo.

E se for?

Perder...

Ah, vida, minha vida,

Olha o que é que eu fiz!

Vejo-me fora.

Gatos no telhado escondem-se da chuva.

Ao filho abraça?

Não se preocupe:

o telefone acostuma-se à mudez.

Continua a chuva.

Fere-me como gotas ácidas pelo corpo.

Corro para debaixo de uma marquise,

puxo sua mão para mim, mas você quer a água.

Entrega-me o guarda-chuva e caminha para o lado.

Eu, por minha vez, abro-o e vou para casa.

Acendo meu charuto.

Arde-me, cá dentro,

você.

Espero ansioso o momento do muito, muito gostar.

O que será que me dá?

Mais uma vez invejo:

o poeta,

a canção.

Invejo as palavras que te fiz.
Porque essas estarão ao seu lado,
ao menos uma vez,
seguras por suas mãos e
olhos:
...
Deite-os em mim, por favor.

SOB O SUAVE SILÊNCIO NASCEM ESPINHOS

É no espelho que vejo a minha mágoa

A minha
dor e os meus olhos rasos d'água
Eu, na sua vida, já fui flor
Hoje sou espinho em
seu amor.

(Nelson Cavaquinho)

Quanto mais penso em fazer nada, mais coisas me aparecem pela frente para serem feitas. É incrível o que temos que passar para ter um pouco de sossego. Gostaria de viver ociosamente por toda minha vida e depois ainda ter tempo para descansar (filosofia do Snoopy). Ontem mesmo eu pensei cá para mim: amanhã vou acordar sem ouvir o despertador, não olharei para o relógio e só comerei algo quando meu estômago implorar por comida, do contrário ficarei na cama até minhas costas começarem a doer. Levantaria apenas para ir ao banheiro e para pegar a revista da TVA. Afinal de contas estou de férias! Mas acha que consegui? Que nada. O telefone tocou cedo – 8 e pouco. Sei disso porque acordei assustado e a primeira coisa que fiz foi olhar para o rádio relógio (não tem jeito, ele me persegue). Corri apressado a fim de pegar o telefone que gritava para ser atendido. Sempre tive problemas com ele. Odeio esse aparelho. Uma que emite o mais chato dos sons que temos em casa e outra que na maioria das vezes só nos traz más notícias. Nessas horas, ele é sempre o primeiro a nos dizer que alguém morreu ou que sofreu um sério acidente. Ou nos conta o fim do amor.

Cheguei na rodoviária como sempre, adiantado: o ônibus sairia em trinta minutos. Teria tempo para dar uma volta por lá. Rodoviária não é meu ideal de passeio, mas sempre achei muito atrativo olhar para as muitas pessoas indo e vindo de lugares para lugares. Olhar a correria de homens atrasados, mulheres carregando seus filhos com uma mão e com a outra uma enorme mala (geralmente comprada no Paraguai). E as lojinhas da rodoviária? Bem, a de Curitiba abriga muitas lojas e lanchonetes – o comércio é intenso. Sujo, mas intenso. Mas mesmo sendo sujo, não tem coisa melhor que comer um salgado de rodoviária. Bem, muitos não concordam com essa ideia, mas continuo gostando. De qualquer forma, e por isso mesmo, não me importo, entrei em uma dessas várias lanchonetes e pedi uma coxinha para esperar meu horário. Comi. Fui ao banheiro para uma última urinada antes do ônibus parar em Soledade (no meio do caminho) e fui para o portão de embarque.

Quando consegui atender ao telefone, sentei-me no sofá ao lado e perguntei quem era. Não obtive resposta. Insisti. Nada. Quando estava para desligá-lo, já xingando quem teria me acordado tão cedo, ouvi uma voz de mulher do outro lado da linha. Suave. *Me encontre em Londrina, amanhã, às 8 da noite na pracinha principal do Jardim Bandeirantes. Tenho algo pra te entregar. Não é brincadeira.* Assustado, mas ao mesmo tempo encantado com a suavidade da moça, tentei perguntar quem era, mas logo ouvi-la indo embora. Desligou o telefone sem me dar chances de querer saber quem era, o que queria exatamente e o que tinha para me entregar. O que foi aquilo? Coloquei o aparelho no gancho e, olhando para o nada em minha frente, fiquei sentado na poltrona por uns vinte minutos tentando processar o que tinha acontecido. Algum tipo de brincadeira de mau gosto, só pode ser. Meus amigos todos sabem que morei em Londrina. *Não é brincadeira.* Uma hora depois, o telefone toca novamente: *Filho, ligou uma moça dizendo que você deve se encontrar com ela amanhã aqui na praça. Quem é ela? Você vem hoje? O que está acontecendo?*

Logo que falei com minha mãe, levantei-me da poltrona, tomei um banho, vesti-me e fui à praça Osório comprar minha passagem para a noite. Hoje ainda.

No banco do ônibus, ao meu lado, sentou-se uma mulher. Linda. Quieta. Tentei buscar assunto para conversar, mas ela não estava afim de papo.

Ignorou-me logo no começo. Desisti e me virei de lado. Esforcei-me em recuperar a voz da moça ao telefone, o que tinha dito e quem poderia ser. Nada me veio à cabeça. Na parada que o ônibus faz, tentei mais uma vez dizer algo para minha companheira de banco (que de companhia nada tinha), mas ela realmente não estava querendo conversar. Dormi o resto da viagem.

A praça está cheia de gente. Muitas crianças correm de um lado para o outro atrás de bolas enormes que são lançadas de um palco improvisado no meio do canteiro. Vários casais de namorados ajuntam-se metidos entre as árvores. Carrinhos de maçã-do-amor e algodão-doce fazem a festa ficar ainda mais saborosa. Cerveja e refrigerante são servidos de graça. Olho para todos os lados e não consigo perceber quem poderia ser a mulher do telefonema. Ninguém está sozinho nesse lugar. Para todos os lugares que olho, pessoas estão conversando umas com as outras. Afasto-me do palco em direção a um banquinho vago. Sento-me. Acendo meu *Havana*. Não sei se a pessoa que me ligou sabia que hoje é dia de festa no bairro.

Cheguei em Londrina por volta das 5:30 da manhã. Fui ao banheiro da rodoviária, esse mais limpo que o de Curitiba, e logo caminhei para o ponto de ônibus. Pouco tempo depois, embarco no circular e vou para casa de minha mãe. *Não sei. Descobrirei hoje à noite.* Ela estava tão ansiosa quanto eu para saber quem queria me encontrar e o que ela tinha para mim. Para aliviar um pouco essa tensão que estava passando durante o dia, esperando pela noite, fui caminhar no calçadão, no centro da cidade. Nunca vi cidade mais quente e suja que essa, mas vejo meus caminhos de criança e adolescente por todos os lugares que passo. Tenho saudades. Bem, fui até a melhor tabacaria que tinha por lá comprar mais charutos, já que na correria e preocupação em vir para cá, acabei os esquecendo em Curitiba. No resto da caminhada, baforava a agonia que estava aumentando em meu peito. *Não tenho a menor idéia de quem seja. Eu só vim porque ela me parecia estar realmente querendo falar (e me entregar) algo, e ainda te ligou reforçando o pedido pra que eu viesse hoje.*

Procuro por todos os lados, mas não vejo nem um sinal de quem poderia ser. Ninguém fazia questão de olhar para mim naquela festa. Era como se não estivesse por ali. Todos estavam preocupados, realmente, em conseguir pegar os brindes que estavam sendo atirados do palco. Em um desses arremessos de bolas e vale-compras, que estavam sendo doados, vejo uma moça colocar uma caixa ao meu lado no banco. Olho para ela e não consigo ver seu rosto, já que o cabelo está caído sobre ele. Deito meus olhos para a caixa e percebo seu tamanho: pequena. Colorida. Volto-me para a mulher e vejo-a dizer que é minha. Percebo seu rosto. Pergunto-lhe seu nome. *Não importa. Você saberá do que se trata ao abrir essa caixa.* E mal terminou de dizer essa frase já tinha se misturado com os populares que continuavam a pular para alcançar seus brindes.

Foi-se.

Fiquei sem movimento, apenas a olhar para a caixa ao meu lado. Bem, para resolver esse problema tinha apenas que abri-la. Mas não havia modos de fazê-lo. Tentei de todas as formas: rasguei o papel, usei a força para romper a abertura, mas nada foi suficiente para revelar seu conteúdo. De qualquer forma, carreguei-a até a casa de minha mãe, onde novamente ninguém foi capaz de rompê-la. No dia seguinte, voltei para Curitiba. Ainda sem saber sobre o que pensar e como faria para abrir a caixa, coloquei-a em cima da mesa do computador, ao lado de meu aquário. E lá ficou.

Ficou.

Apenas ficou.

Sempre que chego em casa, a primeira coisa que faço é olhar para a caixa parada, intocável ao lado de meu aquário. Nesse dia cheguei como de costume no fim da tarde, deixei Ella Fitzgerald cantando pela sala, sentei-me no sofá em frente à caixa, acendi meu charuto e deixei-me levar pela música e fumaça.

Metafísica: volto sempre à tabacaria, à Portugal... A caixa sempre esteve lá. Nunca deixou de fazer parte de minha vida. Fui buscar em Londrina algo que já tinha ao meu lado. Não me era estranho tê-la. Muito pelo contrário: era-me sempre. A mulher que me ligou naquela manhã tinha minha vida em suas mãos. Amava-a mais que tudo, mas nunca soube. O que poderia haver de tão forte na caixa e na mulher? Eram a mesma: a caixa era a mulher que nunca (mais) tive para mim, mas que sempre esteve ao meu lado, suspiro a suspiro. Choro a choro. Riso a riso. Como tenho sua presença! Sempre. A caixa estava logo ali para ser tocada, aberta, vista, beijada. Nua. Sempre esteve.

Ouvindo Ella Fitzgerald chorando sua voz, levantei-me. Deixei o charuto no cinzeiro e fui até ela. Peguei-a e me vi pela rua. Caminhei por alguns minutos até chegar na frente do prédio onde ouvi que deveria cuidar de minha vida. *Viva sua vida.* Não mais existo pra você. Sim, lá. Sempre nesse lugar. Meu fim. Minha redenção. Sentei-me no meio-fio segurando a caixa e, por um instante, desejei mais do que nunca estar frente a frente com ela. E acreditei que poderia ser recebido novamente. Mas isso não passou de um instante. Foi-se. Levei a caixa até o meio da rua. Coloquei-a por lá, carinhosamente, e voltei a me sentar no meio-fio.

(...)

Foi só o tempo de me acomodar, e a caixa já estava debaixo do primeiro carro que por ali passou. O pneu do carro amassou-a. Viro-me e saio.

Choro. Quase noite.

Na esquina dessa mesma rua, vejo uma enorme e linda borboleta, em seu vôo descompassado, pousando em uma roseira. Tento alcançá-la. Mas só o que tenho em meu dedo é o espinho da flor.

Beijo-o.

CARTA DE UM VENCIDO

Curitiba, 07 de fevereiro de 2002.

Confiar? *You gotta be kidding*! Não há como confiar. Não há ninguém em quem confiar. *Sim, sempre que precisar. Sempre. Sempre. Sempre.* Constatação - hoje: ela lá, eu cá. Precisei no dia. Precisei depois, preciso muito ainda hoje. Vejamos o seu lado: não quer mais porque se cansa. O tempo nos pesa. Ficou-se o tempo para trás. Suporte. Não consigo entender o que teria acontecido naquela semana. Foi a mais estranha, foi a mais medonha, fria. Foi como separar um quebra-cabeça de cinco mil peças. Sabe aqueles que demoramos dois, três anos para montar e depois colocamos em uma moldura para perpetuá-lo? Pois então, o que me aconteceu foi o desmoronamento desse quadro. Já que a perpetuação estava a caminho, mas como todo caminho e toda poesia, encontrou uma pedra no meio que o derrubou. Foi-se. Era-se. Precisa-se ainda, muito. Ficar como se nada tivesse acontecido. Era essa a meta, mas ao contrário disso, fica-se como se nada mais fosse acontecer. Como se apenas o monóxido de carbono pudesse dar fim a esse desespero. As células estão com vontade de respirar, trocar o ar. O carbono o impede. É de grande ajuda esse carbono. Somos todos filhos do carbono, da rutilância, do amoníaco. De Augusto. Tem-se um vencido e toda a sua psicologia. O que preciso agora é não vir. Não entrar em minha casa. Venho e tenho a metafísica. Abro a porta da sala, sinto o cheiro do desinfetante do banheiro, por toda a casa, misturado com o cheiro de naftalina (que tenho em minhas gavetas) e da fumaça do charuto da noite anterior. Embriaga-me esse odor nocivo. Faz-me querer sentar e pensar a voltar para a tabacaria, em querer realmente o monóxido, o fim da labuta. Cansa-me ter sempre as mesmas citações, sempre os mesmo desenhos, todas as mesmas necessidades e maldade. Sempre a bondade. Volto ao Chico, volto à Ana, volto ao Manoel, à poesia, à canção, ao fundo do poço. Busco as palavras errantes: as mesmas. Fico no sofá pensando em não fazer nada. Em apenas querer fugir dessa casa, dessas vontades, dessa metafísica, das aspirações, dos complexos: Que merda! Não posso mais com essas idéias... Basta-me. Não posso mais confiar, marcar, ter algo, ser algo. Perde-se, para sempre, o pouco do algo feito. Tinha combinado comigo. Estava tudo certo para hoje à tarde, mas não, tem que arrumar as coisas. *Então, não vou poder ir hoje.* Abaixo a cabeça, escondo a decepção de te ver sendo apenas mulher. Linda. Engulo o almoço (frente a frente) e venho. Foi-se mais uma, a única depois do tudo. Artes. Mostro meu último disco aos colegas professores. Não falam. *Creio que deve ser rebelde sem causa. Como ter os filhos com ele? Drogas. Bebidas. Sem dúvida. Olha o cabelo dele. Viu as roupas?* Pensam. Ou então pensam:... Algo será provável. Mas qual? *Não consigo te imaginar todo diferente. Música pesada?* Bem, creio que é aí que entra o bom senso. Sou as partes, você sabe. Sou as várias partes deste todo, já quebrado, e buscando o carbono. Não me venha com essas de que não me imagina. Imagina sim. Todos só sabem isso: imaginar, achar sobre os outros. Alguém já olhou o espelho do banheiro nesta manhã? Encontrou algo que lhe causasse repugnância? Com certeza deve ser alguém que mostra repugnância quando se vê no espelho. Medo. Como então me vem com essa de que sou estranho para Curitiba? Para sua vida. E você, menina, você mesma, a que se foi, como está sendo aí, no seu quarto, na sua consciência? Consegue dormir sossegada quando coloca a cabeça no travesseiro, sabendo o que me faz? Consegue comer sem preocupação com o que devo estar passando por você? Ah, sim, tem a maldade de ser mulher. (Ou devo dizer a inocência?) De me deixar aos trapos. E por falar em trapo, onde anda o Cristóvão? Esse me faz falta por ser a poesia errante, perdida de mim. Cansa-me escrever, pensar. Mas só mais uma coisa: sabe que escolhas tive muitas, fiz a errada. Bem, devo dizer que muitas coisas ainda estão por acontecer, muitos desejos ainda querem sair pela janela, porta, esvoaçar pela vitrine (a cidade é um vão... posso cair nele facilmente), mas muitas moléculas do monóxido entram em mim quando estou aqui. Fiz o que pude. Prendo-me nessa tela de computador, nesse papel. Fico deitado em minha cama, com o charuto queimando ao lado do incenso de camomila, e ele, por sua vez, confunde-se com o alvejante. Sobe-me à boca uma ânsia. Anjos pelo quarto. Vejo você se afastando cada vez mais: caminha pela fumaça baforada para cima, na direção oposta à mão que cai, ficando solta entre o carpete e o colchão.

CALA-ME.

E gritam então os vis: "Olhem, vejam, é aquela a infame!" e apedrejam
a pobrezita, a triste, a desgraçada!
(Florbela Espanca)

O homem chega em casa atordoado, cansado. Caminha em direção ao quarto e vai direto para o papel. Senta-se em frente à escrivaninha, apanha a caneta, debruça-se sobre os braços e escreve. Sangra-me; como me dói escrever. Penso que não quero mais a fúria da dor que me causa. Penso em parar, odiar. Corrosão. Falta. Por isso penso em ausência, mas era-me tudo. Tiro-lhe o chapéu mais uma vez. Era-me tudo que eu fui. Fazia-me tudo que fiz. Chorava-me um choro, dois choros; a canção que lhe fiz está agora guardada para nunca mais ser interpretada. Ria-me um riso jobiniano. Bossa nova. Agora falta-me. Confiei quando disse que estaria comigo. Mentiu. Muito precisei. Chamei-a para mim. Escutei, trêmulo, o delírio de suas duras palavras. Aquí nuestra historia queda. Sim, eternamente volta-me o tema do outro, o tema cantado por todos os infortunados amantes. Como invejo aqueles que por alguém escreveram a vida, compuseram a morte em arte. Como invejo aqueles que entoaram canções mil por um beijo sereno, ainda que fossem na imaginação e nada mais. Admiro aqueles que arrebentaram o pulsar da corda de um piano e trouxeram o descanso à vida por alguém: a arte das artes, a mais pura e elegante atitude do ser humano. Tenho uma enorme admiração pelos desgraçados e infortunados. Não aqueles que nada de material têm, nem aqueles que não comem, mas aqueles que têm a mais singela das situações: a solidão. Seriam esses os mais felizes? Se o são, não podem nos chamar de desgraçados. Mas sei que o são, ou somos. Isso me disseram. Contaram-me (sempre) que são (e nesse caso digo somos?) desprovidos de graça os homens que vivem em ausência. Não só a ausência de um amor ou de um amigo, mas a falta completa de ser, de existir. Intranquilidade. Escolhi estar junto a esses homens, no desassossego de cada alma, de cada momento que se pensa em algo. O que me falta? Estar junto? Cantar a alma infeliz de não ser? Ou apenas a companhia agradável de alguém para me fazer rir e chorar novamente? Como existir sendo dois? Perguntas e mais perguntas só me trazem a certeza de que nada sei sobre mim. Já cantaram as palavras da dúvida, da ambiguidade, aquelas palavras que falam em sermos dois: uma parte de mim é sim e a outra é não. Ferreiro das artes, Raimundo da dor. Uma parte é sossego, a outra explosão. Uma parte assobia no campo, a outra atropela as calçadas de Curitiba. Uma parte inveja o já feito, a outra caminha para o início. Vejo-me assim: em partes. Quero cantar a serenidade de uma canção, buscar no momento solitário a música que existe, mas quero também a agressão de notas tortas, distorcidas em agressão coletiva. Não uma agressão comum, raivosa, mas aquela refinada de pensar em poréns. Quero caminhar por passos escuros, mas que tenha luz em meus tropeços. Quero derramar palavras feridas, que vêm de longe, distante, de um lugar que ninguém tenha ido, e quero também aquelas refinadas em trabalho árduo. Sabe aquelas que vêm da dor? Barroco. Como fazer com que todos entendam o que quero? Como mostrar a quem interessa (e infelizmente todos me interessam) que tudo sou eu, que as partes que dizem o outro são minhas e elas formam um? Tudo me chega. Tudo me cansa. Sou uma subversão à negação. E digo isso não como o clichê mostra, mas apenas para afirmar que o negativo me atrai e por ele eu faço tudo. Sendo assim, parece que carrego todo o peso de querer ser o mundo. Pesa-me buscar a arte por vias vazias. Pesa-me, também, a procura por vias cheias de transeuntes. Eu caminho por Curitiba, vejo pessoas, carros, prédios, vejo a capital, observo as relações. Volto para casa, descanso nas palavras serenas de dor e labuta o peso que me causa o andar. Traz-me ainda maior peso o dito, o escrito no fim de tudo. Se não satisfaz o outro, não me quer a arte. Se, porventura, alivia a dor, ela volta, ainda mais forte, quando a outra parte quer se mostrar, longe das palavras inesperadas. Esqueço-me por um dia das palavras e viro-me para as cordas, passeio os dedos pelo violão e nele faço a voz. Satisfaz-me? Satisfaz o outro? Nunca. Viro-me então para a agressão das notas de um trabalho coletivo. Alguém fica descansado, mas minhas partes discutem o interminável valor de tudo aquilo. Nunca sou! Sei que já virou rotina, lugar comum, por isso me escondo na voz do outro. Sou todos. (Se me conhecesse por inteiro, conheceria toda a humanidade). Só assim consegui chegar hoje nessas palavras que vocês estão à frente. Não sou quem pensam. O escritor e o personagem não são as partes de mim. Não quero ser o texto. Não sou a música. Sou a arte (?). Já me disseram que todos fazemos arte, todos vivemos, e viver é fazê-la. Digo ainda mais: não existe a arte sem dor, não há vida... Por isso, nesse momento de dor absoluta que sinto, nunca me senti mais vivo! Vivo para poder acabar com as partes que me perseguem, vivo para amarrar o feito e o não feito, para poder dizer a todos que me interessam que estou cansado. Não quero mais o imperdoável trabalho de me lembrar da moça que esteve comigo. Não quero mais ter que mostrar às pessoas como chego às palavras e muito menos me incomodar com o que dizem do que faço. Ah, como eu gostaria de poder abraçar minhas partes e uni-las pacificamente em torno de mim!

Logo que escreveu essas palavras, que escorreram dolorosamente no papel, o homem dobrou a carta, colocou-a em um envelope, passou cola e deitou-a sobre sua escrivaninha. Levantou-se sem nada pensar, cambaleou da mesma forma para o banheiro. Abriu o zíper e viu a urina cair fora do vaso sanitário. Nada fez, apenas tirou toda a roupa e ligou o chuveiro. Via a água escorrer pelo seu corpo e a sentiu como se fossem os lábios da moça acariciando sua pele. Ereção. Titubeia para fora do box e deita-se no chão molhado de urina. Delicia seu sexo com a mão e começa a se masturbar. Pensa na arte, na moça. Pensa nas partes. Assim que chega ao orgasmo, percebe dois pássaros parados na janela de seu banheiro. Ele olha para eles. Reconhece suas penas. Ainda deitado, sem conseguir se mover, o homem vê os pássaros se aproximando de sua barriga, bicando o gozo que ali estava e logo partindo pela mesma fresta que entraram. Os dois foram parar em um galho de árvore próximo à casa do homem, e de lá só saíram quando foram atingidos por um menino que brincava com seu estilingue. Fique onde está. Não me venha nunca mais.

Ficaram estendidos no chão.

Calam-me as partes.

TODAS ELAS EMPILHADAS

Todas
elas
empilhadas
,
umas
sobre
às
outras
,
como
se
faz
com
a
dor
:
uma
acariciando
a
outra
.

PERMITA-ME IR

São assim ocos, rudes, os meus versos:
Rimas perdidas, vendavais dispersos,
Com que eu iludo os outros, com que minto!
(Florbela Espanca)

Quando tudo parece se esclarecer e caminhar para o lugar que quero, escorrego e volto para o comum. Penso, re-penso e nada. Deixo-o morto, estendido em um canto frio, por alguns minutos, horas, dias. E lá se vão clichês. Mas sei que voltam. Mesmo tendo as primeiras palavras longe do plágio, eles sempre voltam. Viro-me para o outro lado e vejo a parede manchada pelos meus pés sujos de andar. As marcas estão por todo o quarto. A sujeira é trazida da rua. Levo-as para meu computador e abro o arquivo em branco. Acendo meu maior clichê e dou-me às letras. Isso já virou minha mais péssima rotina literária. Sei que deve estar pensando: novamente? Sim, mas o que fazer com o chão comum a todos os mortais – pobres? Não há muito por ser feito. Bem, de qualquer forma, cá estou mais uma vez. Mesmas palavras, mesmo caminhar, o mesmo outro, mesmo odor fétido do vômito que fica manchado na camiseta e a mesma tontura cambaleante. Acompanhado sempre pela metafísica do tabaco. Sempre que venho a esse lugar, tento ser hostil com alguns grãos de verdade, mas acabo que semeado por fraquezas apontadas para a melancolia. Sou um alguém melancólico. Réu confesso. Nada me vem com a permanência. Sempre é o acaso que funciona. Melancolia hostil. Que bom seria dizer: *nunca a vi mais gorda*.

Com essa hostilidade versada, sentei-me à frente do monitor e comecei a perceber palavras. Notas. Sons. Digitava de acordo com a vontade de minha raiva depressiva. Emoção, clichê, em cada palavra. Mas sei que não funciona dessa maneira. É preciso o trabalho em cima das idéias, construir o que há de mais belo na arquitetura literária para se dizer fim. (parece que o comum resolve não me dar nenhuma trégua – repito as palavras já cansadas). Penso no descanso que devemos dar às frases. Um tempo para buscar um sentido qualquer. E durante esse período, jogamos o que foi feito para cima. Esqueça. Ah, mas como deixar de seguir o que sinto para deitar sinais na tela? Devo dizer que tenho uma grande ansiedade pelo feito. Pelo acabado. Mas nada nunca está acabado. Essa ansiedade trouxe-me novamente para onde estou. Penso em sair.

Desço a rua XV distraidamente. Como quem não quer nada; Uma mão no bolso e a outro carregando a poeta Florbela, cigarro na boca. Sei apenas em continuar caminhando para frente. Passo pela praça Osório de sempre. Chafariz vazio. Estão limpando o chão do monumento. Vou. Em frente ao bonde, poetas. Poetas? Faz-me rir. Risos saracoteiam daqui para acolá. *Gosta de poesia?* Poesia? Como é engraçado ver que todos querem Pessoa. A Ana C. disse-me, junto aos meus pés, que todos querem sê-lo. São partes do fim.

Adiante.

Não me prendo aos moicanos. (...) Pretendo os livros. Entro na livraria. Escuto, ao redor, Tom Jobim. Percorro os olhos por sobre títulos e mais títulos. Não o vejo. Apenas outros. Muitos outros lado a lado, um sobre o outro. Dor sobre dor. Levo minhas mãos para o mais bonito. Cheiro-o. Aliso suas páginas. Quero as cidades, todas.

Deixo-o.

Viro-me para o outro e vou-me à música. Notas sobre notas. Inquieto-me e saio. Vou ao café. Sento-me de frente para a rua e peço um chocolate. Ao lado vejo um homem que me chamou a atenção. Alto. Calvo. Com barba grisalha e uma pequena barriga aparecendo embaixo de sua camiseta. Ele está com os cotovelos apoiados por sobre o balcão tomando um café preto e olhando para fora. Os olhos, quase cerrados, mostram um cansaço infeliz. Melancolia. Isso disse-me à atenção imperdoavelmente. Quero-o. Dou a volta pelo balcão, de modo que pudesse ficar de frente para o homem e vejo-o ainda mais. Aproximo-me.

Cansei-me de ser comum. Cansei-me de ser apenas o que sou. Nada mais de línguas. Maldito idioma que me trouxe o bendito lar. Foram-se os anos. Perdi o que busquei. Na prateleira nada tenho. Não me leio, não me escuto. Nunca. Sou igual. Sei que demorei a ir ao carbono pela insistência sempre negativa. Mas foram-se.

Deixo o café pela metade e saio da livraria. Saio dos livros e da música. Continuo caminhando pela rua XV. Sigo em frente e chego à reitoria. Esse prédio me vem sempre triste com a lembrança. No pátio, olho as pessoas sem compromisso, jogando conversa fora, marcando encontros, amores e desilusões. Lembro-me da graduação, do frio, da chuva. Saúdo aqueles que chegam junto a mim na escadaria da entrada do prédio: estão todos a rir, baforando fumaça de cigarro e tomando cafés. Chegam ao meu lado e me conversam. Retribuo-lhes, brevemente, a atenção e continuo em direção à cantina. Nas paredes (ainda) existem pinturas – alunos, gordura. Paro na moça do caixa e peço uma carteira de cigarros. Acendo um e vou para frente dos elevadores.

Espero.

Ao meu lado um rapaz jovem, alto, cabelos longos segurando um livro. Vejo apenas que é de poemas. Não identifico o poeta. Entro no primeiro elevador que chega e vou para o décimo andar. Descemos juntos. Caminho eufórico para minha sala e sou acompanhado.

Percebi sua intenção logo que o vi. Entendi quem era e o que me veio fazer. Deixo-o entrar e fecho a porta. Encosto-me entre meus livros e olho para o rapaz.

Seus olhos cintilavam a clareza de muitas respostas. Muito do que se perguntou por anos a fio estava parado ali, logo à sua frente. Percebi que o homem não tinha mais para onde ir: foi por onde o levaram. Ele junta-se aos livros e os deita sobre o chão. Sem se preocupar com mais nada, tira sua roupa e se entrega aos livros. Retira do bolso um papel e o coloca sobre o peito. Leio: *Chove. Que fiz eu da vida?* Ajeita-se e descansa os olhos.

Com os olhos fechados, percebo que o rapaz me ajuda a se arrumar entre os livros, levanta-se e vai até a janela. Fecha todas com atenção, cobre-

-as com as cortinas e dirige-se até à minha mesa. Dá-me água para beber: preciso dormir e nada ver. Busca, ao lado da porta, meu aquecedor e o liga. Pega o poema sobre meu peito. Logo sai pela porta fechando-a com agrado. Foi-se.

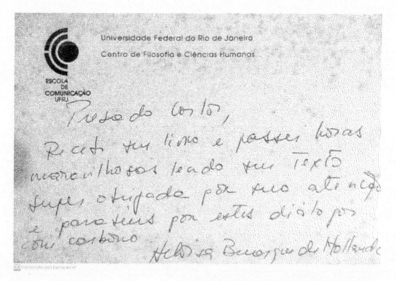

Heloísa Buarque de Hollanda, 2005

Meu agradecimento vai para Jorge Viveiros de Castro (Editora 7Letras) que me fez sonhar quando me telefonou do Rio de Janeiro para confirmar que publicaria a primeira edição de "A voz do outro" e "Nós da província: diálogo com o carbono" para a antológica coleção Rocinante, em 2004 e 2005. E também para outro editor muito importante em minha vida, Thiago Tizzot, editor desta edição comemorativa.

Obrigado aos amigos e amigas presentes nestas edições e que, de alguma forma, participaram dessa aventura.

Obrigado à província.

CARLOS MACHADO nasceu em Curitiba, em 1977. É escritor, músico e professor de literatura. Publicou os livros *A voz do outro* (contos 2004, ed. 7Letras), *Nós da província: diálogo com o carbono* (contos 2005, ed. 7Letras), *Balada de uma retina sul-americana* (novela 2006 e 2a ed. Revisitada 2021, ed. 7Letras), *Poeira fria* (novela 2012, ed. Arte & Letra), *Passeios* (contos 2016, ed. 7Letras), *Esquina da minha rua* (novela 2018, ed. 7Letras), *Era o vento* (contos 2019, Ed. Patuá), *Olhos de sal* (Novela 2020, ed. 7letras), *Por acaso memória* (narrativa 2021, ed. Arte & Letra), *Flor de alumínio* (contos 2022, ed. Arte & Letra), *Imagem invertida* (novela 2023, ed. Urutau) e *Invisibilidade coletiva* (contos 2024, ed. Patuá). Tem contos e outros textos publicados em diversas revistas e jornais literários. Participou das antologias *48 Contos Paranaenses* (2014), organizada por Luiz Ruffato, *Mágica no Absurdo* (2018), feita para o evento *Curitiba Literária 2018*, curadoria de Rogério Pereira, entre outras. Integrou as listas de finalistas do concurso **"Off Flip"** 2019 e 2021, semifinalista no **"IV Prêmio Guarulhos de Literatura"** (2020), venceu o prêmio/edital **"Outras Palavras"**, da Secretaria da Comunicação da Cultura do Paraná (Lei Aldir Blanc) em 2020, 2o lugar no **"Concurso Literário da UBE-RJ"** (União Brasileira de Escritores do RJ), 2021, com o livro de contos *Era o vento*, finalista no **"15o Concurso Nacional de Contos Josué Guimarães"** 2021, com o conto "Colorir e descolorir" (do livro *Flor de alumínio*), vencedor do **1o troféu Capivara, prêmio literário cidade de Curitiba** - melhor livro 2024, com "Imagem invertida" entre outros. Como músico, entre diversos trabalhos, tem 6 CDs autorais lançados.

www.carlosmachadooficial.com
@carlosmachadooficial

A VOZ DO OUTRO

encadernação **LABORATÓRIO GRÁFICO ARTE & LETRA**
ilustração da capa **FABIANO VIANNA**

©Arte e Letra, 2025

M 149
Machado, Carlos
A voz do outro / Nós da província. diálogo com o carbono / Carlos
Machado. – Curitiba : Arte & Letra, 2025.

230 p.

ISBN 978-65-87603-94-0

1. Ficção brasileira   I. Título

CDD 869.93

Índice para catálogo sistemático:
1. Ficção: Literatura brasileira   869.93
Catalogação na Fonte
Bibliotecária responsável: Ana Lúcia Merege - CRB-7 4667

ARTE & LETRA
Curitiba - PR - Brasil
Fone: (41) 3223-5302 @arteeletra
www.arteeletra.com.br - contato@arteeletra.com.br

Carlos Machado

A VOZ DO OUTRO

Edição comemorativa de 20 anos de publicação
(2004 -2024)

exemplar nº 099

CURITIBA
2025

Eu vivo em um mundo de palavras do outro. E toda a minha vida é uma orientação nesse mundo; é reação às palavras do outro [...]
(Mikhail Bakhtin)

SUMÁRIO

Apresentação: algumas palavras do autor.................................13

Texto de apresentação da 1ª ed. 2004 – por Giancarlo Bardelli....15

O homem com um longo bigode.................................17

Os últimos momentos de um rei.................................25

Sopro.................................29

Profundo.................................33

Ramos de rosas.................................37

Rosas em Ramos.................................43

Musical.................................45

A voz do outro.................................51

Em busca de um vampiro escondido.................................55

Lusco-fusco.................................59

Sim, querida, a teus pés me deito.................................63

'Kultur'.................................67

A colina.................................71

A mesma voz.................................77

Lepidoptera.................................81

Injúrias.................................85

Absurda angústia.................................89

Carícias.................................95

Desagrado.................................99

Vivas lembranças mortas.................................103

No voo do mandarim.................................111

Momonto do conto.................................115

Livro-reportagem sobre livros.................................119

Agradecimentos.................................127

Biografia.................................128

para Dalton Trevisan e Cristovão Tezza

"Você tem que buscar sua própria voz"

(frase dita por Dalton Trevisan a Carlos Machado
na esquina das ruas Ubaldino do Amaral
com a Amintas de Barros em 2004.)

ALGUMAS PALAVRAS DO AUTOR, 20 ANOS DE INVISIBILIDADE DEPOIS

E, como se não bastasse, 20 anos depois, volto aos contos de "A voz do outro".

Diversão maior do que ficar sentado na praça Osório, imaginando vidas, roubando as vozes dos outros e tornando-as minhas?

Fecho os olhos e ainda me vejo subindo as escadarias da Reitoria da UFPR para me encontrar com os colegas da universidade (ficávamos horas sentados na cantina discutindo sonhos e medos, tomando café, fingindo intelectualidade, falando amenidades, coisas sérias). Sinto minhas pernas doerem pelas horas intermináveis de pé em frente à Livraria do Chain (será que o Dalton Trevisan passará por aqui com sua sacolinha do Mercadorama?), batendo papo com o maior livreiro da cidade, Eleoterio Burrego, que anos depois nos surpreendeu com um posicionamento político incompatível com um homem dos livros, amigo do Vampiro, tão cuidadoso com os escritos. Ainda vejo os paralelepípedos soltos no petit-pavé, as crianças nadando no chafariz da praça (a Prefeitura querendo colocar grades!) e molhando todos os pedestres que passam ao redor (no frio e no calor), os peitinhos rosados da filha do seu Paulo (dono do sebo mais antigo da cidade), minha paixão secreta (semi-revelada agora), os mandarins sobrevoando a cidade, prontos para acionar o botão de destruição total (é preciso reconstruir uma nova cidade, diz o personagem ao narrador). Aquele que vem ali caminhando pela Rua XV não é o Cristovão? Ou seria o Trapo? Sinto o cheiro das teúdas e manteúdas do Bar Graxaim, o único cinema pornô da cidade que permitia uma observação isenta de qualquer julgamento. Alguém, por favor, pode ajudar aquele pobre coitado que está estirado no chão? Nesses dias, fiz amizade com Fortunato, um personagem de Machado de

Assis, que me disse para bater com um livro pesado na cabeça daquela professora de inglês e jogá-la para os cachorros. Eu o fiz. Bem, eu não, o Pedro! (Mas isso que você contou naquela história aconteceu mesmo? Você realmente conversava com o vento?). As palavras rolavam com facilidade, sem receio, inocentes, passavam por cima de tudo e todos, e só paravam quando todos estavam caídos no chão, com dor de garganta, e assim seguiam gritando por socorro pela janela do 7º andar da Av. Silva Jardim, ao lado do meu Doppelgänger, com seu cigarro de mentirinha e um copo de Coca-Cola light, nosso não-lugar favorito.

— Então você é o Carlos Machado? — disse o escritor-herói, deixando um abraço amigo de seu leitor Cristovão Tezza, no mesmo dia em que ouvi pessoalmente de Dalton Trevisan que eu tinha que buscar a minha própria voz...

Tudo que veio depois são apenas repetições das mesmas histórias, clichês de uma única narrativa, um personagem-narrador que escolheu uma solidão povoada de outras solidões. Dessa forma, sigo dando voltas atrás do rabo, sentado no banco da praça Osório e observando as pessoas nas ruas, disfarçadamente, como se imitasse o voo da borboleta, tentando escapar de ser esmagado dentro das páginas de um livro.

Pois, importante lembrar, que se trata de um autor iniciando no caminho das letras e, como quase todos os de 20 poucos anos, sem muito pudores, tateando as palavras, mas gritando as histórias com a garganta e o coração.

TEXTO DE APRESENTAÇÃO DA 1ª ED. 2004

por Giancarlo Bardelli

A escrita de Carlos Machado é de uma atmosfera rarefeita. Os parágrafos rareiam e exigem da leitura um fôlego pouco habitual, na mesma linha da leitura de José Saramago e João Gilberto Noll. Deste último, ainda, toma-lhe o horrendo e a exibição de tudo aquilo que ainda é tabu, desafiando a linha delicada que separa nossos pudores de nossas perversões. É nesse sentido que se pode afirmar que os contos de Carlos Machado dilaceram inocências.

Se somos feitos de estilhaços dos mais diversos outros, Carlos captou aqui os mais subterrâneos, aqueles cuja existência desejamos recusar, como se o hediondo se limitasse apenas aos tabloides e não nos rondasse a existência na pele do desconhecido que pediu um cigarro, do vizinho que nos olha de soslaio, do amigo que nos estende os braços, do tio bibliófilo de conduta irrepreensível e, sobretudo, o hediondo sob nossa própria pele, governando certas fantasias, espreitando certas ações, como um monstro em um cárcere frágil.

O outro é, portanto, eu mesmo, você e toda essa multidão de transeuntes a quem damos bom dia ou ignoramos despercebidos. Pessoas de carne e osso e outras que já se foram, esquecidas ou não, sob a laje do tempo; outras, ainda, imaginárias, que povoam os livros e seus leitores solitários.

Estes, por sua vez, encontrarão outros companheiros de hábito dentro desta obra, repleta de personagens leitores. Eles vagam por Curitiba, metonímia da metrópole pós-moderna e sua profusão de hibridismos culturais, um quase-não lugar, onde o deslocamento no tempo e no espaço alcança uma indolência veloz, os chamarizes já não chamam e memória, fantasia e realidade se liquefazem.

O HOMEM COM UM LONGO BIGODE

O meu maior prazer na vida ainda é observar as pessoas nas ruas. Herdei esse costume de uma tia que, logo após ter sofrido um sério acidente de carro - quatro anos depois de eu nascer - ficou impossibilitada de andar e, portanto, não tinha muito o que fazer a não ser ficar sentada em sua cadeira de rodas lendo um livro ou observando as pessoas que passavam em frente à sua varanda. O costume dela me pegou. Comecei então a ficar o dia todo entornando olhares para as pessoas que caminhavam no centro da cidade, tentando descobrir quem eram, o que faziam, por que estariam passando por ali etc... Minha mãe não se conformava com essa "esquisitice" - é isso que ela pensava que era - e por diversas vezes me impediu de ficar sentado no banco da praça Osório olhando as pessoas. Nesses dias, tinha que sair escondido e não ficar sentado em lugar algum para não correr o risco de ser pego por ela. Para despistá-la, eu seguia as pessoas, como um detetive, sem deixá-las saber que estava atrás e sem minha mãe descobrir. Eu era como o homem das multidões do Poe, ou um *Flâneur* de Baudelaire. Mas conforme fui ficando mais adulto, minha mãe parou de me importunar com essa história e passei, então, a estabelecer observatórios fixos nas praças e ruas mais movimentadas de Curitiba, e um horário. Eu não consigo explicar porque gosto de fazer isso, e para ser bem sincero, por muitas vezes achei que estava cansado dessa vida - poucas vezes, é certo - mas logo via que era impossível controlar esse impulso, então deixava acontecer. São quase trinta anos saindo às ruas religiosamente, *quase todos* os dias, às cinco horas da tarde. Se para os ingleses esse horário é reservado ao chá, para mim é o momento de imaginar uma vida para os cidadãos da minha cidade. Esse é o meu único vício - tudo bem que na minha adolescência fumava um baseado todos os dias, mas isso já passou e as ruas ainda me carregam, me abraçam, me aprisionam; Isso sim é um vício. Ah, eu ia me esquecendo de um detalhe muito importante que pode ser ainda mais difícil de entender nessa história toda: só me satisfaço observando pessoas em Curitiba! Não importa se são curitibanas ou não - até mesmo porque sou eu quem invento suas vidas - mas tem que ser aqui. Esse detalhe, naturalmente, só era um problema quando eu viajava. A solução era filmar pessoas nas ruas e levar os vídeos comigo - isso explica o "quase", enfatizado acima. Quando chegava a hora habitual, eu os assistia. Viajei muito na minha adolescência. Hoje não viajo mais. Eu me casei. Minha mulher só descobriu esse lado da minha vida na semana do casamento. Depois de um ano de noivado. A única restrição que me fazia era que o casório teria que acontecer em Junho, porque havia prometido a Santo Antônio que quando encontrasse um marido, iria se casar no dia treze de Junho, dia desse santo. A princípio não tinha nenhum problema para mim, não fosse o horário que prometera a tal Santo: cinco horas da tarde! Nesse momento da minha vida, quando estava com vinte e quatro anos, o costume de olhar as pessoas nas ruas de Curitiba já havia extrapolado o vício inocente: era agora uma obsessão vital para a minha existência. Eu precisava ver pessoas e imaginar suas vidas, e tinha sempre que ser às cinco horas da tarde! Tive que, realmente, revelar à minha mulher esse meu problema, ou melhor dizendo, esse meu jeito diferente de ser. Quando contei, ela achou um pouco estranho e até sugeriu que eu fosse a um médico para resolver esse... detalhe. Mas no fim de tudo, consegui convencê-la que isso era bem normal, que observava as pessoas nas ruas desde criança e tudo ficou bem. Não sem antes me perguntar por que não havia lhe contado no início do noivado. É que pra mim é tudo tão normal, que não vi necessidade de lhe contar, querida. Não se preocupe. Tá? Mas no fundo, eu sabia que não era normal e que isso estava virando uma doença. Tinha que, portanto, procurar um bom médico psiquiatra para resolver meu *probleminha*. Mas não fui.

Acho que fiquei meio frustrado com a facilidade com que minha futura esposa aceitou tudo. Esperava uma reação mais enérgica da parte dela. Resolvemos nos casar em uma belíssima igreja no centro de Curitiba - não me lembro o nome, mas sei que era muito bonita - com o altar virado para a rua. Dessa forma, eu poderia jurar fidelidade e amor eterno à minha mulher tendo ao mesmo tempo as pessoas nas ruas para olhar.

Em todos esses anos, muitos personagens passaram pela minha visão, e muitas histórias foram criadas para eles. Muitos tipos: homens que aparentemente estavam bêbados, podiam ser vistos pela minha fantasia como grandes empresários que resolveram se deliciar com os prazeres da cachaça depois de um difícil dia de trabalho, ou então, homens extremamente sóbrios poderiam ser pintados como ex-bêbados que criaram vergonha na cara e resolveram tomar um banho, fazer a barba e procurar um emprego, ou ainda, mulheres que a princípio me pareciam tímidas, podiam, na verdade, levar vidas promíscuas longe de seus maridos. Enfim, tudo era possível, e essa era a minha necessidade: inventar vidas e situações, apenas com a aparência das pessoas nas ruas de Curitiba. Mas então, e minha mulher? Depois de dois anos de casado, algo começou a me perturbar: mesmo dizendo que aceitava essa minha vida numa boa, percebia que ela não gostava muito das cinco horas da tarde, quando eu saía para viver e fazer vidas. Ela sempre despedia-se de mim e ia para a cozinha cabisbaixa, preparar meu jantar, e nunca comia comigo, pois ia para a cama antes que eu chegasse. Mas com o tempo, comecei a notar uma mudança progressiva nessa sua atitude: quando chegava a hora de eu sair para as ruas, não ficava mais chateada, muito pelo contrário, abria a porta para mim toda sorridente, me dava beijinhos mil, dizia que me amava, que me esperaria para o jantar... *Tchau, querido. Boa sorte.* Bem, uma pulga começava a morar atrás de minha orelha, mas assim que chegava às ruas, logo acabava esquecendo. Depois de mais alguns meses de casado, acabei me acostumando com essa nova atitude de minha mulher. Essa era a minha vida. O meu vício, que apesar de ter se tornado algo impossível de se controlar, ainda não havia afetado meu lado psicológico drasticamente. Havia transformado-se em um hábito, e como todo hábito, bom ou ruim, era mecânico. Sendo assim, eu ia para as ruas ver pessoas assim como escovava os meus dentes ou tomava meus banhos: naturalmente. Era extremamente normal.

Até que um dia às cinco e quinze da tarde vi um homem com um longo bigode - como aquele que Paulo Leminski usava, sabe qual? - que me chamou a atenção não sei por quê. Talvez pelo fato de seu rosto ser bastante familiar. Desde os meus dez anos de idade eu não perseguia as pessoas na rua, só ficava sentado na praça Osório sem ir atrás de ninguém. Mas nesse dia - quando já contava com vinte e sete anos - não me controlei. Na verdade, acho que nem quis me controlar, levantei e comecei a andar atrás de seus passos, tomando o velho cuidado de não deixar minha "vítima" descobrir que estava por perto - como um detetive. Seu rosto, apesar de não ter percebido o que, até então, tinha realmente qualquer coisa de familiar. Pensei: seu nome era Cristóvão, tinha uns 32 anos e estava com pressa porque acabara de assaltar um livro na livraria do Chain. O livro era o italiano *Noturno Indiano* do Tabucchi. Estava dentro de sua bolsa junto com muitas barras de chocolate Lacta que furtara das Lojas Americanas momentos antes de roubar o livro. Estava usando um belo terno cinza Giorgio Armani para não despertar desconfiança, mas que na realidade, também havia sido roubado. *Parece que conheço esse cidadão. Mas de onde?* Continuei seguindo o Cristóvão. Ele passou em algumas lojas de roupas femininas na Rua Quinze - talvez fosse roubar calcinhas para sua mulher - em várias lojas de CDs e, finalmente, entrou no Shopping Curitiba indo direto ao banheiro. *Mas que estranho, ele está entrando no banheiro feminino! Acho que é melhor chamar o segurança.* Pois é amigo, eu armei uma confusão homérica naquele lugar: fiz os seguranças entrarem no banheiro feminino atrás do homem. O problema é que acho que misturei a fantasia com a realidade: esse homem, ao invés de se chamar Cristóvão e ser um ladrão, *poderia* ser um ótimo cidadão e ter qualquer nome do mundo. Portanto, o fato de ter entrado no banheiro feminino poderia ter sido nada mais do que um simples engano. A vida que inventei para este cidadão parecia ter se tornado realidade para mim. Bem, sabe o que aconteceu? Ninguém encontrou esse tal homem com um longo bigode vestindo um Giorgio Armani. Ele havia desaparecido. *Será que era a minha fantasia? Onde se meteu?* Até hoje de manhã, quase três anos depois, não consegui entender o que havia acontecido naquele dia. Aquele homem já cruzou pelo meu caminho muitas vezes depois daquele dia, mas logo que aparecia, sumia na mesma hora. E tem mais uma coisa que me deixou perturbado no dia em que o homem entrou no banheiro feminino: encontrei minha mulher saindo do banheiro momentos antes dos seguranças entrarem no banheiro. Quando me viu levou um baita de um susto e ficou toda sem jeito tentando esconder uma bolsa nas suas costas. Ela me explicou que havia saído para comprar umas lingeries para usar na noite de aniversário do nosso casamento que estava se aproximando, e que também aproveitou uma promoção nas livrarias Curitiba e comprou um livro do Antonio Tabucchi para mim. Isso foi muito estranho: eram os mesmos objetos que *imaginei* para o homem! E é estranho também a presença de minha mulher por lá: ela nunca saía de casa nesse horário, ainda mais para comprar lingeries e livros. Ela sempre ficava me esperando em casa. Tinha medo de sair à noite! *Mas não são todos os dias que as mulheres compram lingeries. Só em ocasiões especiais. E pelo que percebi, essa era uma ocasião especial. Não se preocupe quanto ao fato de sua mulher ter aparecido no shopping naquele momento, você tem que se preocupar é com o homem que só você viu.* Isso foi o que o médico me disse no dia seguinte em seu consultório. Fui ao psiquiatra. Ele me receitou um remédio. Achava que eu estava tendo problemas de tanto inventar histórias para as pessoas na rua. Na época não dei muita importância. Isso aconteceu há três anos. Não tomo mais o remédio. E sabe quem eu vi ontem (às cinco horas da tarde) e segui por alguns minutos? O homem com um longo bigode, lógico! Minha mulher, como da outra vez, apareceu logo que ele se foi, e novamente utilizou-se da mesma desculpa. Só que dessa vez, tentou ir atrás do homem. Não o encontrou. *Não consigo entender por que quando o vejo, some na mesma hora sem ninguém vir para onde foi. Por que somente esse homem? Será que é porque seu rosto é tão familiar? Quem será?* Por um momento ontem à noite, depois de ter visto aquele homem, pensei em parar de ir às ruas observar as pessoas. Ele me deixa nervoso e muito intrigado. Mas não basta apenas querer parar de ir às ruas, não consigo evitar. *Se ao menos pudesse falar com ele, mas todas as vezes que tento me aproximar ele desaparece!* Porém, hoje de manhã, acordei com uma vontade incrível de sair às ruas. Passei o dia contando os minutos para as cinco horas da tarde. Quando faltavam poucos minutos, saí de casa, e como é de costume nesses últimos anos, minha mulher parecia feliz. Abriu a porta. *Boa sorte, Querido. Sim, vou precisar de toda a sorte do mundo para encontrar e falar com o homem do bigode. Tem certeza que não precisa de minha ajuda, amor? Sim, não preciso, obrigado.* Olhei para as nuvens escuras e carregadas e vi que tinha que me apressar para chegar à praça Osório antes que começasse a chover. *Esse tempo meio chove-não-chove de Curitiba pode me atrapalhar na busca pelo homem, mas não há de ser nada, se eu não o encontrar hoje, um dia ele há de aparecer novamente.* Que otimismo meloso! Estava chovendo. Andei debaixo dos toldos das lojas esbarrando nas pessoas. Passei por muitos personagens de minhas histórias. Alguns me conheciam há anos, outros vieram morar nas minhas invenções sem nunca sequer terem me visto. Continuei caminhando entre as pessoas. Dois meninos totalmente ensopados pela água da chuva, passaram correndo por mim espalhando pingos de água pelo caminho e ouvindo muitos palavrões dos pedestres que tentavam, sem sucesso, manterem-se secos. Continuei andando. Olhei para o relógio. Me senti aflito. *São cinco horas.* Portanto, mesmo andando comecei a me alimentar de histórias e fantasias. Uma mulher que estava na minha frente andava bem devagar. Logo pensei: não quer chegar tão cedo em casa porque sabe que seu marido vai sair do trabalho, passar em um botequim, ficar bêbado e esmurrá-la, reclamando da comida fria sobre a mesa. Isso já virou um hábito diário em sua vida.

Dona Joana não aguenta mais essas atitudes de seu marido, mas ainda o ama. O homem ao meu lado cheio de pressa precisa correr para buscar seus filhos na escola e ainda passar em uma panificadora para comprar pão e leite. Esse homem tem uma vida feliz junto à sua esposa e filhos.

A chuva passou e continuei andando. Vi uma confusão na esquina. Consegui me aproximar. Presenciei uma cena horrível: aqueles meninos que passaram por mim correndo quando estava chovendo, estavam estendidos no chão, um sobre o outro, envoltos a muito sangue. Muitos curiosos ao redor falavam pelos cotovelos, tentando explicar o que havia acontecido: *foram atropelados*. O carro era um fusca. *Meu carro*! De início não pude identificar quem estava dentro dele. Mas (pensei) só pode ser minha mulher. Sim, era ela. E não estava sozinha. De repente, percebi que além dela, alguém mais estava saindo do carro, mas ainda não havia visto seu rosto. Tinha muita gente na minha frente. Sem demorar, e invadido pela aflição, adentrei à multidão e o vi: estava usando minhas roupas. Reconheci: era o homem com um longo bigode. Olhei bem nos seus olhos e me apavorei. *Meu Deus, esse homem... esse homem sou eu*! Com o olhar apressado procurei por minha mulher: estava quase desfalecida chorando ao lado dos corpos dos meninos aparentemente sem vida. *Querido* - sua voz estava pálida - *matamos duas crianças*!

Voltei-me ao homem: não estava mais lá.

OS ÚLTIMOS MOMENTOS DE UM REI

Há algum tempo, ele vinha sentindo fortes dores abdominais, mas, dessa vez, a dor estava insuportável. Era como se seu corpo quisesse flutuar, sem nenhuma possibilidade: parecia estar preso ao chão, pronto para explodir. Seu corpo estava inchando desesperadamente. Sua visão lhe dava imagens retorcidas dos objetos à sua frente, que agora assumiam uma coloração avermelhada, talvez por causa do sangue que começara a sair dos olhos. Nesse momento, uma grossa gota de sangue pinga em sua mão, e ele, com exasperação, arremessa o livro que segurava contra a janela à sua direita, trincando o vidro. O homem olha para a mancha que havia se formado em sua mão e vê, em meio às nuvens vermelhas, a imagem de um rosto feliz: era o de sua mãe dentro do Cadillac rosa que havia recebido dele como presente. Ele sabia o que estava acontecendo. E sabia também a razão; lamentava profundamente não ter tentado evitar esse momento a tempo. Tenta gritar por socorro, mas sua voz, que lhe deu tantas felicidades na vida, que lhe mostrou todo o sucesso e também o levou às ruínas, o trai: não quer mais ajudá-lo. Ela torna-se, impetuosamente, sua rival, sua maior inimiga. O homem tenta levantar-se. Tudo está girando em uma velocidade tão grande que ele não sabe mais onde está: se deitado no chão, encostado na parede, ou caído no canto da porta. De qualquer forma, tenta levantar-se, ou fazer algo que se aproximasse disso, porque não se lembra mais como é ficar em pé.

Por alguns segundos, a terra para de girar e sua visão volta ao normal. Ele consegue ver que ainda está no banheiro.

O banheiro era enorme e tinha de tudo. Parecia outra casa dentro de sua mansão. Tudo porque ele precisava passar horas lá dentro, depois que seu problema começou a afetar o aparelho digestivo: os intestinos grosso e delgado estavam completamente secos. Estava se tornando cada vez mais difícil cumprir suas necessidades fisiológicas. Sua alimentação era à base de frutas e doces; poderia passar o dia todo comendo apenas melão e sorvete. Era tudo o que conseguia digerir. Nunca mais pôde comer algo mais sólido. Nesses últimos meses, seu estômago havia ficado quase todo em carne viva, corroído pelo ácido gástrico.

Nesse último dia, escolheu o livro que sua mãe mais gostava de ler, a Bíblia, para ficar no banheiro. Mas, antes de começar a leitura, tirou sua roupa, ficando apenas com um par de meias, ligou a televisão – que ganhou de sua filha – e sentou-se no vaso. A televisão, na verdade, era um grande telão com quase cinquenta polegadas. Ela ficava exatamente à frente de onde ele estava sentado, e nos lados, ficavam as enormes caixas acústicas. Pouco mais à esquerda, encostado ao lado da porta principal, estava instalado o sistema de vídeo. Era muito raro o dia em que resolvia utilizá-lo. Ele gostava mesmo era de assistir aos programas de televisão. Não precisava de vídeo. Porém, hoje, antes de começar a ler sua Bíblia, usando seu controle remoto, ligou o vídeo e assistiu a um de seus primeiros espetáculos, gravados quando ainda tinha uns vinte e cinco anos de idade e estava muito feliz. Não aguentou assistir por muito tempo. Ficou muito triste. Sentiu que seu passado era melhor e que o presente estava nostalgicamente abalado. Logo em seguida, desligou a televisão e começou a tocar violão. Ele cantou duas canções: *My Happiness* e *Don't Want to Be Lonely*. Logo, pôs-se a ler. O vaso sanitário ficava meio afastado da janela que trazia a claridade natural do dia, mas isso não era um problema para ele: era só ligar as dezenas de lâmpadas que havia no banheiro. Ele tinha muito medo da escuridão. Leu um último verso do livro sagrado antes de a dor lhe abraçar afetivamente: "Eis que ensinastes a muitos, e esforçaste as mãos fracas." (Jó 4.3).

Seu estado consciente durou pouco. Agora, era como se tivessem apagado todas as luzes do mundo. O homem estava inebriadamente sem visão. Pouca consciência. Pânico. A dor abdominal já não lhe incomodava mais: era tão forte que parecia ir embora de uma vez por todas. O pouco de sua mente que ainda tinha vida passou a sentir algo apertando e sufocando seu esôfago. Ele vomita sangue. Cai. Bate a cabeça. De imediato, escuta uma música que vem, como um redemoinho, se espalhando pelo banheiro. É sua canção favorita, aquela que lhe trouxe fama. Sua voz, que havia lhe traído, arrepende-se de há pouco não o ter ajudado a gritar por ajuda. Tenta fazer as pazes, e como o homem estava sozinho nesse momento, aceita prontamente a companhia dela. Começam a cantar a música que ouvem. Mas não há som. A melodia é apenas percebida por eles. De súbito, ele vê o funcionário de um velho teatro, onde certa vez fez um show, saindo de trás do palco e dirigindo-se próximo às cortinas, talvez pronto para fechá-las. Grita. Nada acontece. Continua ouvindo a música. Novamente tenta acompanhar a melodia da canção, mas não tem forças. Faz sinal para o moço do teatro não fechar as cortinas, mas não é visto nem ouvido por ninguém. Ele vira-se e vê um artista sendo ovacionado pelo público. Era ele. Percebe que só lhe resta agradecer a quem o está assistindo. Faz a reverência. O funcionário não perde mais tempo: fecha as cortinas.

SOPRO

(Para Cristóvão Tezza)

Estamos en la ciudad, no podemos salir de ella
sin caer en otra, idéntica
aunque sea distinta.
(Octavio Paz)

O sol já havia nascido e, logo nos primeiros momentos da manhã, o dia prometia um clima bastante agradável. Coisa rara de acontecer em Curitiba — a moça da previsão do tempo me garantiu que hoje não veríamos chuva. Era o início da primavera. A Osório estava abarrotada de pessoas indo, vindo e paradas. No primeiro banco da praça, do lado de quem vem da Boca Maldita, perto do chafariz, estavam duas mulheres proseando. A primeira, mais velha, estava desolada e não conseguia conter o choro. A outra mulher, uns quinze anos mais nova, tentava de todas as formas consolá-la: ela abraçava o problema da amiga, falava para acalmar-se, alisava seus cabelos, oferecia o ombro amigo, fazia isso e aquilo. Enfim, fazia de tudo para ajudá-la. Tive vontade de ir ver qual era o problema daquela mulher, mas achei melhor não fazer mais amizades nessa altura do campeonato; melhor mesmo é seguir em frente com meu plano. Até mesmo porque, logo mais, essa mulher iria parar de choramingar. Alguns passos adiante, no banco próximo ao das duas mulheres, brigava um casal de namorados. A moça, aos berros, para todo mundo ouvir, dava de dedo no pobre coitado do rapaz: parecia que ele havia se encontrado com uma amiga de infância ontem à tarde e não lhe disse nada. Alguns curiosos, obviamente, já rodeavam o casal. Ele não sabia onde colocar a cara. Deu pena daquele cidadão. Mas, deixando o casal de lado, porque em briga de marido e mulher, mesmo que ainda sejam namorados, ninguém mete a colher, continuei minha caminhada. Olhei no relógio: oito e cinco. Tinha tempo suficiente para montar o equipamento. O Mandarim havia combinado comigo que estaria no chafariz da praça Osório por volta do meio-dia. Consegui um espaço no banco à frente dos namorados. Podia ficar sossegado por lá; enquanto o casal estivesse brigando, ninguém iria me importunar. Abri minha pasta, tirei a peça central e comecei a preenchê-la com as outras partes. Eu estava muito calmo. Depois de uns trinta minutos — o casal, embora com menor intensidade, ainda estava celebrando a discussão — fui indagado por Jesus: "O dia do juízo final está por vir. O senhor já se arrependeu de seus pecados?" Mal tive tempo de emitir a primeira palavra — ia mandá-lo à merda — ele continuou: "Deus é a verdade! Eu sou a luz que vem ao mundo para que todo aquele que crê em mim não permaneça nas trevas. Eu sou o caminho, a verdade e a vida. Ninguém vem ao Pai senão por mim. Salve a sua alma." Ele falava essas palavras olhando no fundo dos meus olhos. Estremeci. Quando dei por mim, estava rodeado por uma multidão de pessoas que apoiavam e vaiavam o homem. Chegaram alguns policiais. Nesse momento, achei que meu plano com o Mandarim ia por água abaixo. Paranóia. Mas não: agarrei com toda força minha pasta com o equipamento e me embrenhei no meio das pessoas. Vi os policiais arrancando os cartazes com o nome de Jesus do corpo do homem e, numa última troca de olhares, o homem parecia saber qual era minha intenção naquela manhã. Minutos mais tarde, o tumulto cessou, ficando apenas o vai e vem dos cidadãos curitibanos que passavam pela praça. Me acalmei. Resolvi tomar um sorvete. O sorveteiro começou a puxar conversa comigo. Ele quis ser simpático, mas eu não estava com cabeça para conversar com o sorveteiro! Viu a confusão que aquele homem louco aprontou? Ele se achava Jesus Cristo! Onde já se viu? O mundo está perdido! Respondi: "Não se preocupe, amigo." Voltei para meu banco. Os namorados estavam beijando-se. A mulher que estava chorando há pouco parecia mais calma, mas ainda tinha lágrimas em seu rosto. Sua amiga não estava mais lá. Lembrei que não havia montado o equipamento ainda. Olhei para o relógio: dez horas. Ainda tinha tempo, mas não podia mais me enrolar. Continuei a preencher a peça principal com as outras adjuntas. Enquanto trabalhava no meu projeto, vi umas crianças deliciando-se com sorvetes junto às suas mães. Lembrei-me de minha infância. Tudo era diferente, tão diferente: eu ficava livre por essa praça com meus amigos durante todo o dia. Chegava às oito horas, voltava para casa ao meio-dia para almoçar, retornava para a praça e só arredava o pé daqui às seis horas da tarde, ainda porque minha mãe vinha me buscar na marra. Eu não queria ir embora. Os dias passados na praça eram maravilhosos. Conhecia todo mundo que costumava passar por aqui. Jogava bola, soltava pipa, andava de carrinho de rolimã, paquerava as meninas, tomava sorvete, etc. etc. etc. Mas o chafariz era meu lugar preferido. A água era límpida, cristalina. Aprovada pela Secretaria da Saúde do Município de Curitiba. Hoje, daquela praça só me resta a lembrança. Pensei em voz alta: "Mas vou dar um jeito nisso!" Meu equipamento estava quase pronto quando um menino de uns dez anos de idade, sujo, com o nariz escorrendo, calção rasgado e sem camiseta, parou ao meu lado e me pediu um trocadinho, tio. Ele disse que queria um sorvete igual ao daquele menino ali, ó. Guardei todo meu equipamento — semi-pronto — na pasta e fui com ele até o sorveteiro. Antes de comprar seu sorvete, ouvi um barulho de tiro. Olhei para o lado e vi uma mulher estendida no chão. Ela estava toda ensanguentada e muito suja. Ao seu lado, espatifado no chão, um bebê chorava pedindo colo. Era seu filho. O menino que havia me pedido o sorvete saiu correndo na direção da mulher: "Mãe, mãe!" A mulher já estava morta. Em questão de segundos, dezenas de pessoas rodearam o corpo da mulher que ardia embaixo do sol quente de quase meio-dia. Senti uma tristeza imensa. Quis ir ao encontro do menino, mas me dei conta de que precisava terminar de montar meu equipamento. Fui ao banco. Os namorados e a mulher que chorava não estavam mais lá; foram ver a morta. Montei.

Olhei para o relógio: meio-dia e cinco. Comecei a suar. Estava excitado. Finalmente iria fazer aquilo que sonhava nos últimos dez anos. Levantei-me do banco e fui até o chafariz. Foi difícil chegar ao lugar onde marquei com o Mandarim: havia muitas pessoas olhando o corpo. Meu amigo já estava lá. Instalei o equipamento no meio do chafariz. Ninguém percebeu nada; estavam entretidos com a mulher que estava a brilhar de tanto sangue que escorria pelo corpo. Bastava ligá-lo. Subi em cima do Mandarim com muito cuidado para não machucar suas pequenas asas. Ele voou. Ficamos escondidos entre as nuvens. Lá de cima, acionei o botão e vi: toda a cidade desapareceu.

Alguns minutos depois, ainda lá de cima, junto ao Mandarim, avistei, no fundo do horizonte, um grupo de homens e mulheres caminhando calmamente em direção ao vazio que criei. Agora era preciso começar tudo outra vez: construir uma nova cidade.

PROFUNDO

Oscar cambaleia pelas ruas em busca de um abrigo para proteger-se da chuva que cai, ensurdecedoramente, pela cidade há mais de uma hora. Todo o lixo que é jogado sem dó nem piedade pelas pessoas nas calçadas emerge dos bueiros e escorre pelos meios-fios. Chutando essa água suja que escorre pelo seu corpo, Oscar esconde-se debaixo de um velho toldo. Tudo ao seu redor gira. Sente uma forte náusea. Sabe que não pode correr por muito tempo: está fraco. Faz dias que não se alimenta. As pessoas passam por ele e agem como se não houvesse ninguém por ali: continuam em seus caminhos libertos de qualquer culpa do mundo. Oscar está todo sujo e cheirando mal. Seus cabelos unem-se à barba descompassada pela face desbotada em um enrolar angustiante. Ele sente uma dor terrível no estômago. Vomita sangue. Longe dos olhares alheios, debruça seu corpo pesado para trás da marquise que o protege da chuva e abaixa os derradeiros pedaços de pano da sua roupa. Despeja um líquido negro pela boca, que não demora a escorrer por sua perna e parar em uma ferida não cicatrizada em seu pé. Percebe que precisa se deitar para não cair e piorar a sua situação. Esforça-se para esquivar-se da poça de sangue que continua a sair de seu corpo, mas não consegue se levantar. A tontura o leva ao chão.

Não demorou para que visse Alfredo se deitar ao seu lado. Percebe a beleza nos traços do rosto do amigo: a boca umedecida pedindo o toque, os olhos brilhando, o nariz perfeito... Ele alisa calmamente os cabelos de Alfredo e sente tranquilidade ao seu lado. Corre as mãos pelo corpo do amante que se aproxima cada vez mais de seu abraço, aceitando as carícias. O quarto onde estão padece silenciosamente; nenhum som, apenas os afagos clandestinos do artista e seu amante. De súbito, escutam o ranger de uma porta vindo da sala. O prazer mistura-se com o medo de serem vistos juntos. Gozo. Alguém abre a porta do quarto e vê o ato consumado. Oscar pula para fora da cama e enrola-se na coberta. O pai de Alfredo desespera-se vendo a cena. Solta o braço de encontro com o corpo do filho e o joga para fora do quarto. Oscar e Alfredo permanecem imóveis fora da casa. Está frio. Eles abraçam-se.

Remoendo a memória, Oscar tenta lembrar-se por que está caído no chão, deitado em cima de uma água fétida. Sente a cabeça pulsar. Estica o braço até a nuca e percebe, entre seus cabelos, um grande vão ensanguentado. Descobre que tem um corte na cabeça que acaba de ser feito. Lembra que fugia da chuva e desmaiou nesse beco, atrás dessa marquise. Ele procura levantar-se e chamar por alguém. Continua sentindo tontura, mas consegue ficar de pé. Sua voz sai timidamente de sua garganta. O pulmão dói. Uma forte pressão de angústia o pressiona para baixo, esmagando seu corpo. Sente-se pesado, não consegue se mover rapidamente como deseja sua mente. Levanta os braços em busca de ajuda. Nas ruas, pessoas traçam seu caminho para cima e para baixo, carregando seus enormes guarda-chuvas parisienses, mas sempre desviando suas rotas quando o percebem por perto. Ninguém mais o reconhece.

Ao entrar no glamouroso salão de festas, Oscar percebe que todos os convidados se viram para ele como se estivessem lá apenas para esperar por ele, para vê-lo e serem vistos em sua companhia. Ele ri calado dessas pessoas, mostrando apenas um leve desvio, quase imperceptível, em seus lábios. Elas são como seus personagens. Está cada vez mais convencido de que a Vida realmente imita a Arte, e não o contrário. Todos são plágios perfeitos de seus livros; pastiches de sua Arte. Oscar procura por um cigarro e prontamente é atendido por um belo rapaz - alguns anos mais novo que ele - que já o rodeava por algum tempo. Ele lhe oferece um maço de cigarros. O artista aceita. E enquanto acende seu cigarro, obcecado pela beleza do rapaz, sente-se atraído por Alfredo. Mas não podem ficar a sós por muito tempo: todos querem tê-lo.

Ele caminha solitário pelos cantos das ruas enlameadas pelo correr da chuva. Ainda chove bastante, mas, nesse momento, Oscar parece não dar mais importância para isso: caminha fielmente, ainda que coxo, para seu pequeno quarto de pensão. Está cada vez mais difícil para ele andar à noite: a cidade não ilumina o caminho por onde tem que passar. Sua visão está fraca. Precisa se apoiar pelos muros das casas para não se perder. Ele continua a pedir ajuda, mas está sozinho. Tem vontade de estar com as pessoas, não desgosta de ninguém; todos têm suas razões para seus atos. Conforma-se: se não me ajudam é porque têm um motivo. Quem sou eu para puni-las por isso? Aproxima-se da janela espelhada de um restaurante e fica de frente para ela. Encara seu reflexo corroído pelo tempo; seu rosto abatido camufla toda a beleza de um jovem rapaz cheio de vida, badalos... Não conseguiu reter sua jovem aparência consigo: toda juventude ficou apenas no retrato pendurado em sua lembrança. Eles a levaram embora. Mas não os culpo.

Logo que passou pelo portão principal, seguro por diversos guardas, Oscar sentiu-se vencido: pregou sua vida em um quadro na parede da sala, e a esqueceu em casa. O peso do mundo pousou em seus ombros. Já vestindo o uniforme do presídio, conheceu seus novos amigos. Passou a fazer parte de uma outra comunidade. A sua havia esquecido do artista. Julgaram-no culpado por abraçar o amor. Estira-se na cama em sua cela. Sente medo. Pavor. Pensa em Alfredo. Tristeza. Oscar passeia pelo salão repleto de pessoas querendo tocar ao menos uma vez em seu corpo. Beberica alguns goles de vinho em diversos copos alheios e traga seu cigarro com uma satisfação pueril. Ouve um estridente barulho que vinha de fora de sua cela. Mais alguns minutos pelo salão, e as pessoas começam a ir embora sem dar nenhuma satisfação para ele. Alguns guardas arrastam suas armas nas grades. Oscar estremece.

Com dificuldades ele consegue abrir a porta de seu quarto. Derruba umas folhas com pequenas notas para um novo livro. Seu mau-cheiro logo se espalha por todo o quartinho. Pensa em ir tomar banho, mas não tem forças. Esparrama-se na cama. Fecha os olhos. Ele vê-se sozinho em um imenso salão. No fim do corredor, percebe a silhueta de uma última

35

pessoa a ir embora do baile. Alfredo acena em sua direção. Despede-se. Oscar busca forças para pedir que não se vá, mas sente uma forte pontada em seu pulmão. Volta a ouvir o estridente barulho das armas dos guardas sendo arrastadas pelas grades da prisão. Eles passam de cela em cela apagando as luzes e mandando todos os detentos dormir.

Dentro de seu quarto, Oscar dorme. Ao seu redor estão apenas os personagens de seus livros: todos choram a sua mágoa. Escuta pela última vez uma leve melodia: a chuva rodeia sua janela.

RAMOS DE ROSAS

No descomeço era o verbo.
(Manoel de Barros)

Nesse lugar, as pessoas não se comunicavam verbalmente; o verbo não vivia. Os moradores de lá manipulavam suas comunicações imitando os sons dos ventos. Eram diversos: o vento quando era frio e alisava o mar em direção à terra, trazendo um som volumoso, com um ruído extremamente grave, que às vezes chegava a assustar se viesse à noite, era imitado pelas pessoas para mostrar desagrado um pelo outro. Quando esse mesmo vento, que corria o mar para terra, era quente, vinha um som suave, flutuando até as pessoas. Esse era compreendido e usado pelos homens para troca de afeto e carinho. Existiam também os ventos frios ou quentes que assumiam uma direção contrária a esses primeiros: eles partiam das montanhas para o mar. Quando os ventos montanhosos eram quentes, portavam-se exuberantemente agradáveis e tinham um som como o de uma flauta transversal murmurando belas canções. Era o som do amor erótico. Era com esse som que os habitantes desse lugar trocavam carícias carnais, gemiam, declaravam-se apaixonados e tudo mais que se relacionasse com seus encontros amorosos. Já os ventos frios, que vinham das montanhas com seus sons cortantes, eram a morte. As pessoas apropriavam-se desses sons para chorar a tristeza e melancolia. Havia ainda muitos outros ventos que circulavam pelo ar tropeçando nas casas, nas próprias pessoas, e também delineando caminhos livres pelo ar. Enfim, os sons que vinham dos ventos dependiam do tamanho do obstáculo, da intensidade do sopro de ar, da direção, etc., para serem usados pelos viventes desse lugar a fim de relacionarem-se e existirem. Mas um dia todos os habitantes dessa cidade sumiram.

Tudo aconteceu muito rapidamente: o sol começava a mostrar as pontas faceiras de seus dedos para que todos pudessem acordar e entrar para a rotina diária. Tudo acontecia como se fosse vir mais um dia tranquilo de vida naquele lugar, assim como tinha sido sempre. Mas não, não foi isso que aconteceu. Nesse dia surgiu um vento desconhecido que escorregava assombrosamente por todos os lados. Ele soava estranho, como se todos os ventos estivessem unidos em um único canto: em uma gélida canção. As pessoas não tinham mais nenhum lugar para ir que pudesse se valer como abrigo. O estranho vento estava por toda a parte.

Depois de algum tempo, começaram a nascer longos braços com punhos fortemente cerrados pelo vento, e não tendo mais o que fazer para evitar o mal previsto, os moradores desse lugar coravam o som cortante dos ventos frios das montanhas: requiem. De súbito, os punhos fechados, que já estavam por toda a parte, abriram-se lançando uma nuvem de sementes pelo ar. Nada se via. Todo o lugar ficou impalpável. Elas, demoradamente, foram depositadas próximas a um lago que acabara de nascer. Ao lado desse lago, surgiu uma enorme montanha de gente, uma espécie de sambaqui. Eram os moradores de lá. Ao mesmo tempo, todos os ventos emudeceram; não tinha mais nenhum som de sopro vindo nem do mar, nem das montanhas. Nada se ouvia. Vácuo.

Entre o recosto desse sambaqui, onde todos estavam fatalmente empilhados, e o lago, dormiam as sementes.

Não tardou para que um primeiro ruído fosse ouvido: era a primeira semente acordando. Mais alguns minutos: outra, outra e outra...

Eram ramos de rosas. Eles alimentavam-se dos restos de terra e carne do sambaqui e bebiam da água do lago.

Alguns dias depois, não existia mais nada que lembrasse que ali viviam diversas pessoas: os ramos de rosas já haviam comido todo o amontoado de gente e desabrochado em centenas de rosas das mais diversas cores e tipos. Consequentemente a isso, outras vidas instalaram-se nos pés e em volta dessas flores: minhocas, formigas, borboletas, abelhas, todos esses seres já dependiam das rosas para viver. Mas nem sinal de vida humana.

Alguns tímidos ventos que pareciam alisar as flores começaram a soar no lago que, calmamente, ia alargando seu corpo juvenil em busca de mais vida.

Num certo dia, as rosas - que já haviam aprendido a trocar sons vindos dos ventos umas com as outras, como os antigos moradores desse lugar - sangraram; todas, ao mesmo tempo, sentiram fortes dores pelas pétalas. Não estavam entendendo de onde vinha aquele forte pulsar que as entorpecia de dor. Enrijeceram. Elas sofreram por horas a fio até que viram nascer pequenos seres saindo mansamente pelos seus espinhos. Eram manhosos. Queriam colo o tempo todo.

Cedo, aprenderam a se alimentar dos pequenos insetos que por lá estavam, a beber da água do calmo lago - que a cada dia espichava mais e mais, sempre para o norte - aprenderam a se divertir com os irmãos, entenderam os sons dos ventos, que já eram muitos, fizeram isso, aquilo, etc., etc. Enfim, aprenderam a viver. E junto ao lago, as rosas e suas criações iam alastrando-se distraidamente, aproximando-se de uma nova cidade.

As pequenas crias das rosas cresceram. Não eram mais crianças. Elas queriam sair pelo mundo, viver. Sentiam fortes impulsos festivos. Estavam alegres. As rosas não conseguiram mais controlar as injúrias dos pequenos seres - para elas sempre seriam pequenos, mas já estavam bem crescidinhos: deixaram que partissem. Foram.

Todos ao mesmo tempo enrolavam-se em pulos e cambalhotas alegres, sem compromisso com ninguém, apenas com a vida que levariam por aí. E num piscar de olhos invadiram a cidade mais próxima.

Essa cidade era exatamente igual à cidade de onde vieram quando ainda existiam pessoas. Na verdade, as crias das rosas ainda não conheciam nada parecido com o homem, elas levemente sabiam da existência deles - isso porque as rosas tratavam esse assunto como um tabu - mas a relação com as pessoas dessa cidade não foi um problema, pois, tão logo encontraram-se, foram labutando uma estrondosa amizade.

Elas chegaram nessa cidade - a princípio sorrateiras, pelos canteiros, murmurando os sons aprendidos com as rosas - e aos poucos foram desterrando tudo que achavam pelo caminho, virando cuias, latas, panelas, abrindo janelas, blá, blá, blá... Foi um bafafá nunca antes visto. Um redemoinho. Mas não pense que os homens não gostaram dessa novidade. Longe disso, como eu disse há pouco, logo que chegaram, foram recebidas muito bem pelos moradores de lá.

Os ventos faziam os mesmos sons como na cidade junto às rosas, portanto, não tiveram problemas para se entenderem.

Tão logo foram entrando na cidade, as filhas das rosas foram mudando a vida de todos os moradores de lá. Elas passaram a viver nos homens; facilmente entraram neles como se essa fosse a única razão de terem nascido. Com isso houve uma grande transformação na vida dessas pessoas e no rumo de seus mundos: as pessoas começaram a emitir sons diferentes daqueles que viam dos ventos.

Palavras.

Eram as Palavras que mudaram a rima da vida, encantaram os animais, a noite, o dia, a chuva, o sol, sonharam em voz alta.

Palavras, Palavras, Palavras.

Sem nenhuma demora, os viajantes dessa cidade encarregaram-se de espalhar a Palavra pelo mundo. Todos pararam de usar os sons dos ventos e assumiram a fala. Deixaram de lado o gracejo dos granidos eólicos.

As palavras facilitaram a escrita, pois podiam padecer em papéis, letra por letra, sem a necessidade de desenhar a direção dos ventos, a cor fria ou quente e sua intensidade, para escrever o que era cantado e entendido antigamente.

O mundo tornara-se revitalizado, feliz com as Palavras. Alegria esta nunca vivida anteriormente.

Mas nem tudo foi felicidade nessa simbiose entre o homem e a Palavra: os ventos não gostaram nem um pouco dessa mudança, sentiram-se infelizes pelo abandono. Inveja. Os ventos, que trouxeram as rosas grávidas de Palavras para aquela cidade, ficaram desgostosos com sua própria criação! E para compensar toda a infelicidade trazida pelo Verbo, eles fizeram uma promessa desanimadora para os homens: cada ano que passasse, desde então, a população nas cidades iria dobrar.

Alguns anos depois dessa ameaça dos ventos, as cidades estão a falar, ensurdecedoramente, pelos cotovelos. Não tem mais para onde fugir. Os ventos roubaram toda a alegria que a Palavra trouxera aos homens. O mundo já se adelgou em uma única cidade, tão grande é o número de pessoas que aqui vivem.

Já faz três dias que vejo silhuetas cegando o céu. O sol esconde-se. Sinto frio. Parecem braços com punhos fortemente cerrados...

ROSAS EM RAMOS

Não muito longe daqui,
      Nas costas de um calmo lago,
Em muitos ramos de rosas,
Brotaram mansas manhosas
<u>Palavras</u> com estranho e vago
Recosto de um sambaqui.

Não tardou para que elas
Sentissem fortes injúrias,
Como se fossem marmotas,
E partissem em cambalhotas
Virando todas as Cuias,
Abrindo todas as janelas.

As pessoas da cidade
Sentiram muitos murmúrios,
Que então viam sorrateiros,
Por entre a terra e canteiros.
Debandando, então, os muros.
Soldando a felicidade.

Encantaram os Mandarins,
Mudaram a rima do amor,
Fizeram as noites serenas,
Sonharam com as morenas,
Vibraram com todo o humor,

Riram juntos aos Serafins.

Mas uma vez não tardou:
Vingaram as vozes dos ventos
Contra a Palavra que aqui
Junto ao homem se abrigou.
Desabou todo o sustento.
Da palavra em sambaqui.

MUSICAL

A sua voz está tão nasal que chega a doer nos meus ouvidos. Eu não acredito, que cara babaca, a música é minha. No mínimo tenho o direito de cantar do jeito que eu quero, ou do jeito que eu sei. Eu realmente não entendo o que estou fazendo aqui. Eu tinha prometido que ano passado seria o último que eu tocaria, mas cá estou novamente. É horrível ser comparado com outros músicos, e o que é pior: ganha a melhor música! Como é isso? Quais critérios usam? Não, e sem contar os juízes: um professor que fez um estudo sobre Helena Kolody! Com que moral um cidadão que estuda Helena Kolody vai julgar as letras das canções que estão participando do festival? Outro absurdo é a pianista formada pela Belas Artes. Que bela porcaria! Se tirarem a partitura da frente dessa mulher não toca absolutamente nada. Niente! Nothing! Como então vai julgar músicas populares brasileiras? Esqueceram de avisá-la que vai se ofender com os acordes dissonantes. E tem mais: outra pessoa que vai avaliar as músicas é o presidente da comissão do vestibular da UFPR! Será que vai me acompanhar até o banheiro durante as provas? Esse maestro está me deixando nervoso. Eu odeio você, meu amigo. *Pois é, esse é um grande problema que eu tenho. Você não é a primeira pessoa que me diz isso. Tenho um amigo músico que sempre que pode, tenta me ajudar a tirar a voz do nariz, mas... Relaxe a língua. O problema é que você está levantando muito ela.* Que caramba! O meu grande sonho é ficar sem depender desses músicos sabichões de Curitiba. É impressionante como são sem-educação. Esse cara, além de meter o bedelho onde não é chamado, ainda nem me deixa falar! São todos iguais. A minha vontade é mandá-lo calar a boca e cantar do jeito que eu quiser. *Vou tentar:...linda janela para espalhar a calma... Assim está melhor? Com certeza, bem melhor. Agora está razoável pra ouvir.* Eu escutei! Ele falou que agora está *razoável!* Que desaforo. Eu não sei o que acontece: ele age dessa forma porque eu não sou ninguém ainda. Deve ser isso. Com certeza é isso. Assim como acontece com os estúdios de gravação: nunca tem um horário bom para mim, sempre os que eles querem. Descontos? Nem pensar. Não podem, senão todos vão querer! Óbvio que todos vão querer. Somos brasileiros. Sem contar que nunca chegam na hora. Isso me irrita profundamente. O maestro quer mandar na minha impostação vocal. Com que direito? Primeiro: ele chegou quase uma hora atrasado, e isso não tem desculpa. Segundo: o *show* é meu! Será que ele acha que está falando com um musiquinho do Coral Brasileirão? *Eles* seguem regras de "boa conduta", *eu* não. Eles ainda têm a coragem de falar que são artistas. Artistas? Maestro(s), músicos do Brasileirão, donos de estúdios, calem a boca! Artistas? Vocês já ouviram falar em Ella Fitzgerald? Conhecem o Chico Buarque? Noel Rosa? Cartola? Oscar Wilde? Conhecem a poesia do Drummond, Bandeira, Vinícius? Já se emocionaram lendo Fernando Pessoa? Como vocês querem se comparar a essas pessoas? Sabem o que é arte? Por favor, não me venham com esse papo de se acharem artistas! Vocês são os donos da música? O dono da voz e a voz do dono não lhes pertencem. Tenho vontade de me livrar de todos os sonhos que um dia passaram pela minha frente. Sim, estou farto de ser! Foram-se os anos em que eu acreditava que tudo era possível. Sucesso? Por que preciso mostrar a minha música para outras pessoas? Por que o homem tem a necessidade de construir a vida e exibi-la diante de seres que, aparentemente, nada têm a ver com o seu existir? Talvez seja o orgulho. A arte é a negação do orgulho; é algo único para uma única pessoa: o artista. Todos somos artistas, mas nem todos fazem arte, disseram-me. Somos a repetição do outro! Queria fazer arte para a minha não-existência, não para os outros! Com que direito falam bem ou mal das minhas músicas? Ninguém tem que falar absolutamente nada delas, na verdade, não tem nem que dar ouvidos à elas. São minha alma. Não podem entrar em meu corpo e apossarem-se de minha alma. *Acho que é isso então, ficou bom. Chama o próximo, por favor. O retorno está bom pra você? Sim, tá bem legal.* Mas já! Pô, não era uma hora para cada pessoa? Faz quinze minutos que estou passando o som! Não uma hora. *Então, até mais. Até. Obrigado.* Obrigado? Esse maestreco não merece nem a minha presença aqui, muito menos meu agradecimento. Eu preciso de um apoio emocional urgentemente. Sinto--me tão triste quando falam mal das minhas músicas ou interpretações. Sei que sou um péssimo cantor - *cantor*! Ainda tenho a pachorra de me achar um *cantor* - mas mesmo sabendo disso é muito ruim ouvir alguém dizer que canto mal. Oscar Wilde dizia que foi na tristeza que encontrou sua alma; foi quando todos estavam contra ele, que se conheceu. A sensação que tenho é que todos estão contra mim! Mas não tem ninguém para me apresentar à minha alma. Preciso de alguém. Estou me achando o pior dos cantores de quinta categoria - *cantor*! de novo? Eu sabia que ia dar tudo errado - mas não imaginava que seria ainda na passagem de som. Percebi isso logo depois que gravei a música no estúdio do Joel. Vi que ficou uma porcaria. Lógico que minha mãe discordou de mim - *Ficou maravilhoso, filho.* Maravilhoso? Bem, nada mais natural do que ter esse tipo de apoio da nossa própria mãe, mas sei que na realidade a coisa muda de figura. Mãe é a figura da fantasia, e de fantasia estou muito bem, obrigado. Mas como vai ser hoje à noite com a realidade? Não tenho nenhuma confiança. Preciso sair daqui.

Quando estiver chegando a sua vez, você pode entrar aqui pra se preparar. Certo, mas onde posso deixar o violão? Fale com o maestro que é ele quem sabe. Tá legal, obrigado. Nunca mais! Não quero mais nem olhar para esse cidadão. *O rei dos músicos sabichões de Curitiba.* Gostaria muito de destruir seu reino: o Conservatório de MPB (?). Mas deixa isso para lá, agora tenho que me preocupar com a apresentação. A Carolina está mais nervosa do que eu, que vou estar sozinho no palco na frente dos professores e dos meus amigos - *amigos*! Como é fácil chamá-los assim. Por que tenho que mostrar a minha música para eles? Vão procurar palavras academicamente corretas nas letras e se não for erudito não é bom. Conheço essa raça! O professor Adalberto, que está na platéia, é um grande exemplo: como pôde ter escrito aquele texto tão acadêmico sobre João Cabral de Melo Neto para o jornal Correio Braziliense? Será que ele não percebeu que se o leitor não for estudante de Letras ou professor *universitário*, não conseguirá entender o que quer dizer? *Procrastinar*? *Proferir*? A professora Liana, que também está aqui, é outra imbecil: vai querer mudar meu estilo de escrever as letras. O estilo dela é que é o bom. *She go*? *He need*? Intelectualóides de meia tigela! Bem, está chegando a minha vez de subir ao palco; o próximo sou eu.

Ouço alguém me chamando com uma voz tão doce que sinto uma leveza de espírito que nunca havia sentido antes. Tenho a sensação de que posso fazer tudo aquilo que quiser. Vou começar a escrever; usarei o "se" onde eu bem entender, repetirei palavras, mudarei os verbos, negarei as vírgulas etc. etc. Nenhum professor idiota vai me impedir. Agora quem manda nas letras sou eu! Continuo ouvindo um chamado. O meu nome fica tão emblemático abraçado a essa voz aveludada, que logo seu grito se transforma em uma música. A música tem uma melodia bem conhecida, mas não consigo descobrir qual é. É uma voz muito triste. Ela canta como se estivesse chorando... Agora, não sei ao certo se a voz grita meu nome, canta uma música, ou se chora desenfreadamente. Percebo que um piano começa a acompanhá-la com uma levada extremamente suave. Ela está cantando. É uma voz feminina. A melodia é muito triste. De repente, tenho a sensação de que a harmonia não está mais sendo feita por um piano. Acho que escuto a batida de um violão. Sim, é um violão, e ele parece que chora junto com a voz, que agora volta a gritar meu nome. Isso está me fazendo muito bem, apesar da tristeza que sinto.

Mas de onde vem? Quem está cantando? De onde conheço essa música? Novamente o som muda. Olho para trás e não ouço mais a voz! Me pego a gritar. Mas não suporto ouvir a minha voz chamando pela doce mulher. Paro. O violão volta a chorar, só que desta vez está sozinho. Vou até ele para tentar descobrir quem era aquela linda voz e o que tinha acontecido com ela. *Tu que estás a chorar sem companhia, fale: quem acompanhavas com ternura? Onde está a voz?* Antes de me responder, o violão emudece. Ele some. Olho para frente para ver se consigo encontrar a voz ou o violão, mas só vejo pessoas. Não tenho nenhum retorno do som. O que adianta vir aqui à tarde e ser julgado gratuitamente por um maestrinho de bosta, se na hora de tocar para valer não colocam retorno? Bem, mas agora que comecei tenho que terminar; não posso parar no meio da música. Eles podiam abaixar um pouco essa luz; não consigo ver os olhos de quem está olhando para mim. Desvantagem. Fico sem defesa. Só sei que o teatro está lotado. Não consigo afinar a minha voz. Faltam ainda poucos acordes... *Entregue sem fim a sorte ao vento...* Sim, essa é a música.

A VOZ DO OUTRO

> *O tema autônomo então torna-se o tema de um tema*
> (Bakhtin)

> *Life Imitates art far more than Art imitates life.*
> Oscar Wilde (*The Decay of Lying*)

Logo que avistei o aglomerado de pessoas se enroscando umas nas outras para conseguir o melhor ângulo de visão, meu corpo tremeu. Era como se não existisse nada ao meu redor, apenas um vazio e o canto de um pássaro solitário a trinar euforia. Minha vista escureceu. Meus pés pareciam flutuar. Vejo, por um pequeno espaço que a multidão deixa escapar, um homem estirado no asfalto. Ele está banhado em seu próprio sangue e coberto por cacos de vidro estilhaçados das janelas de um ônibus parado a alguns metros do tumulto. Consigo me aproximar. Sinto ansiedade. O homem é um completo desconhecido para mim, e pelo que percebo, ninguém que está por perto o reconhece. Ele está calado, moribundo no chão. Essa é a grande oportunidade que eu tanto esperei. Não penso duas vezes: melindrosamente me atiro no chão a fingir um choro amargo de desespero pela vítima, dizendo que é meu irmão. Sei que nunca fui um bom ator, mas tive meus bons momentos na faculdade quando atuava na Companhia de Artes Cênicas do Paraná. As pessoas começam a dividir suas lamentações: não sentem pena apenas do homem esticado no chão, também oferecem palavras de apoio para mim. Tenho orgulho de minha atuação. Nesse momento, chegam os paramédicos afastando as pessoas e liberando um vazio para carregarem o homem. Eles paralisaram todo seu corpo com talas do pescoço ao pé. O homem estava em choque. O acidente foi muito grave. Os médicos levantam o acidentado do chão para colocá-lo na maca. Atrás de sua cabeça escorria um sangue grosso vindo de um largo e grave corte. Penso que esse homem é ideal para mim, então finjo mais desespero quando percebo sua nuca cortada. O doutor que cuida do "meu irmão" pede para eu entrar na ambulância e acompanhá-los até a Santa Casa de Caridade. Em prantos, entro no carro e fico do lado do homem acidentado segurando sua mão. Nessa confusão toda, deixei para trás o livro que carregava, mas não dei muita importância: tinha toda a história intrometida na minha cabeça. Preciso apenas vivê-la, e sei que o momento está próximo. A maca deixa a ambulância e vai diretamente para a U.T.I., o médico diz que agora eu teria que ficar do lado de fora esperando por notícias. *Fique confiante.* Ele tem uma voz amiga. *Seu irmão vai ficar bom!* Eu sei disso, pensei. Um riso fino desponta em meus lábios. Preciso dar um tempo e pensar em como retirá-lo de lá. Sinto um vazio no estômago. Entro na cantina do hospital e peço um sanduíche natural, mas não consigo passar do segundo pedaço, minha cabeça está a mil, fervendo. Ansiedade. O homem da cantina tenta puxar conversa comigo. Talvez se eu conversasse com ele poderia ficar mais calmo e pensaria na melhor forma de libertar o homem desse lugar. *Quem que o senhor veio visitar?* Perguntou com uma voz de compreensão. *Meu irmão que acabou de ser atropelado.* Respondo com uma voz de desespero. *E é muito sério?* O homem parece preocupado. Sinto vontade de rir, soltar aquela puta gargalhada. Mas me controlo. *Sim, está em coma!* Preciso sair da frente desse homem antes que eu comece a rir. Me divirto vendo a cara de dó que faz para mim. Lembro do homem todo esparramado no chão: sinto meu sexo. O cheiro desse hospital me entorpece. Nesse momento ouço uma música fúnebre vinda do fim do corredor. Procuro o lugar de onde vem o som. Encontro uma capela: está havendo um funeral. Uma mulher toca uma marcha fúnebre e muitos choram diante do corpo de uma criança. Não aguento mais: o riso vem tão forte que até mesmo eu me assusto. Todos me olham: troca de olhares. Na mesma hora saio tranquilamente e vou até o banheiro. Sinto meu sexo ainda mais forte. Lembro da nuca cortada do "meu novo parente". Olho-me no espelho: pareço um personagem de mim mesmo. Sinto prazer. Bendita hora em que descobri que vivo na literatura. Preciso ir até o homem na U.T.I. Vejo que ninguém está cuidando da porta deste setor, portanto consigo entrar com muita facilidade e ir até o seu leito. Falta-me o ar. Vejo-o num quarto através do vidro da porta. Uma enfermeira está lá dentro cuidando dos seus curativos. Tenho vontade dessa mulher. Surpreendo-a entrando abruptamente no quarto, e tão logo me percebe, diz que não poderia estar ali. Não dou ouvidos. Vou até ela. Envolvo-a nos meus braços. Ela parece gostar: não tenta fugir. Passo minha mão pelo seus seios e sexo. Ela geme. Olho de relance e vejo o homem com os olhos fechados e a cara toda cortada. A enfermeira vira-se de frente para o paciente e esfrega o corpo no meu sexo. Tiro-o para fora. Ela volta-se para mim, já sem a roupa, e me beija. Agora sou eu quem fico na frente do homem moribundo. A moça abaixa-se e coloca sua boca no meu sexo. Viro o acidentado de bruços para melhor ver sua nuca. Retenho o gozo. Ela levanta-se, limpa a boca, veste-se e sai irradiante do quarto, não sem antes verificar se estava tudo em ordem com seu (meu) paciente. Estou sozinho no quarto com o homem desfalecido. Puxo-o até a maca e saio com ele pelo hospital. Passo por muitas pessoas, mas ninguém parece se interessar por nós: estou vestido de médico. Deixo a maca perto da saída de emergência e chamo um táxi. Coloco as minhas roupas novamente. O taxista está acostumado a carregar doentes o dia todo, não tenho problemas em ir embora com o acidentado para minha chácara. Carrego o homem para meu quarto.

Fico de vigília por duas horas. Ele acorda. Não entende o que está acontecendo. Grita. Desviando dos meus livros, que estão por toda parte, vou até o homem. Amarro-o. Carrego-o até o canil. Meus cachorros ficam felizes em me ver. São cinco cães de guarda. Solto "meu irmão" lá dentro. Meu sexo volta a ficar forte. Lembro-me da enfermeira. Os cachorros têm vontade do homem. Vejo neles o desespero em comer toda a carne do moribundo acidentado. Volúpia. Lembro-me de Fortunato. Sou ele. Percebo o Poe. Escuto o Noll. Sinto o mesmo prazer que seus personagens. Sou eles. Masturbo-me. O gemido de dor do homem confunde-se ao meu prazer. Gozo por cima do resto da carne do moribundo homem.

EM BUSCA DE UM VAMPIRO ESCONDIDO

Mau, mas meu - pipia
você, grão-barão patusco.
Mau, sim, nem seu, pará-
frase, pasticho, pálido eco alheio.
Dalton Trevisan (*Dinorá*, 1994)

Joaquim está estirado no chão de seu quarto segurando em suas mãos um livro que cobre todo seu rosto suado. Durante toda a semana, Curitiba viveu a maior onda de calor dos últimos cinquenta anos! e hoje parece ter sido o dia mais quente. Na rua, o movimento de pessoas já padeceu há muito tempo—passa das quatro horas da manhã—mas dentro de seu quarto, Joaquim ainda parece sentir a presença de dezenas de vozes acalentando e perturbando sua madrugada. Sente arrepios na barriga. Ansiedade. Ele está prestes a conseguir o que muitos já haviam tentado e não tiveram sucesso: a entrevista com Dalton Trevisan havia sido marcada para às quatro horas da manhã, na antiga Boate Marrocos. Tudo estava acertado: pela manhã Joaquim telefonou para o contista, que o tratou muito bem, dizendo que estava decidido a contar tudo que sempre fez questão de esconder. Joaquim não se continha de alegria. E não era para menos: iria encontrar-se com Dalton Trevisan!

Com muita dificuldade, ele tenta apoiar-se na estante de livros para levantar-se. Consegue ficar em pé. Cambaleia até o interruptor e acende a luz. Percebe que, ao se levantar, derrubou dezenas de livros pelo chão, amassando alguns deles. Ele sempre detestou folhas maltratadas, sempre cuidou muitíssimo bem de seus livros como se fossem sua família, mas neste momento não se motivou a ir até eles e catá-los. Deixou-os por lá. Precisava ir até o banheiro para lavar o rosto que minava suor. Enquanto caminha até a pia de seu banheiro, dá-se conta de que, desde o momento em que desligou o telefone pela manhã, após ter combinado tudo com o Dalton, ficou deitado no chão de seu quarto, sem se mover, imaginando como iria ser o encontro com o escritor. Sim, ele está com medo do Vampiro. Não conhece seu rosto e as únicas imagens que tem dele são os desenhos do Poty que mostram um Dalton que sempre caminha para frente, nunca voltando. Joaquim sabe que se o visse de costas facilmente o reconheceria.

Sente vontade de vomitar. Depara-se com sua pálida e suja imagem no espelho, e por trás dele observa a passagem de inúmeras musas pernetas. Tenta abrir a boca para olhar os buracos nos dentes, mas o máximo que consegue é um tímido mover dos cantos de seus lábios. Seu rosto parece sumir e dar lugar a uma outra silhueta: vê um brilho saindo da boca, parece um dentinho de ouro que brilha incessantemente, querendo aparecer. Vê uma bigodeira adornando sua cara branca e maltratada. Embriaga-se com a fumaça do (eterno?) cigarro. Joaquim sabe que não é ele quem está ali. Talvez seja o Dalton. Tudo que conhece sobre a não-sabida aparência do escritor, leu em seus contos. Ouve uma voz: para que entrevistas? Tudo o que tenho a dizer está nos meus contos; sou as palavras que você lê em meus livros! Tem medo. Com esforço, livra-se do espelho abaixando a cabeça para dentro da pia já cheia de água. Mergulha todo o rosto. Fica assim por alguns segundos. Logo, volta a reconhecer sua face bolachuda.

Joaquim escuta alguns gritos vindos da sala. Estranha a presença de alguém em seu apartamento: nunca traz ninguém para dentro. Mesmo sentindo uma forte tontura, corre em direção às vozes que ouve. Vê um casal e suas cinco filhas encostadas no canto da parede, entristecidas: duas mais velhas e as outras três bem novinhas. Os dois discutem. O homem, que parece estar muito bêbado, bate na mulher sem piedade e não perdoa nem as crianças. Joaquim tenta impedir, mas não é visto pela infortunada família. É como se estivesse assistindo a um filme. Ele reconhece a história. Sabe quem são. Grita para João parar de bater em Maria, mas ninguém o escuta. De súbito, Rosinha, de treze anos, pede para Joaquim sair de lá porque, se o pai dela o vir parado ali, é capaz de bater nele também. Agora todos parecem tomar consciência de sua presença na sala. Joaquim sente uma forte vertigem: não sabe o que está acontecendo. Percebe que João carrega um reluzente facão em sua mão. Refugia-se na cozinha.

A cozinha havia virado um harém. Havia algumas mulheres seminuas mostrando seus deliciosos corpos. Joaquim vai até elas. Sente que, apesar de todo o cansaço, seu sexo começa a enrijecer. Está acostumado com esse tipo de mulher, sabe como agem: entrega-se em seus braços. Gosta delas. Elas começam a tirar sua roupa, a começar pela calça, até chegarem na peça mais importante a ser retirada: a cueca. Algumas delas ajoelham-se e colocam o sexo de Joaquim na boca, uma por vez, enquanto as outras, inteiramente nuas, acariciam umas às outras. Espasmos. Toda a casa é infestada pelo cheiro do sexo vindo da cozinha. Gozo. Enquanto colocava sua roupa, Joaquim escutava as meninas conversando entre elas. Ele as reconheceu: Dinorá?, Célia, Nataschesca, Valquíria, Alice, Uda e Otília, todas: felizes teúdas e manteúdas! Joaquim apavora-se: já são quase cinco horas da manhã. Passa correndo entre as meninas e volta para a sala. Vai direto para a porta. De lá vê João e Maria, nus, deitados em um sofá vermelho. Eles parecem amarem-se.

Na rua, já começam a aparecer as primeiras pessoas pegando seus ônibus para irem trabalhar. A boate Marrocos não fica longe de seu apartamento, mas Joaquim já está uma hora atrasado, portanto corre. Vê de longe uma fraca luz em cima do nome Marrocos. Sente-se vazio. Para ao lado de uma árvore e vomita uma água rala. Aguarda diante da porta da boate. Não sabe se vai encontrar um Dalton receptivo ou furioso pelo atraso. Joaquim esquece-se das perguntas que havia pensado em fazer ao contista. Entra na boate. Está vazia. Não vê ninguém por lá, escuta apenas uma música saindo de umas velhas caixas de som penduradas nos cantos da boate. Caminha em direção a um pequeno balcão—parece ser o bar da boate. No canto esquerdo do balcão, encostado de lado, Joaquim vê a presença de um homem. Ele força os olhos para tentar identificá-lo. Percebe que o homem está segurando um copo cheio de bebida e fuma um cigarro. De relance vê um brilho vindo da boca (com bigode) do homem: dentinho de ouro. Dalton, o cabotino. Nesse momento, sente um vento quente efervescendo seu corpo. Alguém desliga o rádio abruptamente. Joaquim vira-se por um momento para ver quem mais está ali. É uma mulher. Quando volta o rosto na direção do homem, nada vê. Ao seu lado titubeia um morcego em um vôo rasante. A mulher abre uma das janelas da boate. O animal dá algumas voltas por ela antes de desaparecer pela fresta: o dia está nascendo.

LUSCO-FUSCO

Esse é o seu momento favorito: a tardinha, quando o sol se recolhe timidamente diante da presença da noite, entontecendo o ar com um enervado tom lusco-fusco. Sensação de mentira. Ele sempre conta com essa atitude do dia para sentir-se livre de toda a verdade do mundo. Todo dia, por volta das seis horas da tarde, ele achega-se em seu velho pufe - com vista para a rua - carregando seu eterno cigarro na boca, e fica a observar o caminhar da cidade esvaindo-se juntamente com o dia. As pessoas perdem-se umas nas outras; todas viram um único corpo que dança pelo mesmo caminho até seu fim. Hoje, o homem está acompanhado de seu poema de mais gosto. De sua janela, não vê nenhuma tabacaria, mas os turvos passos da praça Osório movendo vidas e mortes. Ele deita os olhos sobre a passarela da não-existência. Observa-a por horas. Esfria-se com a sua presença, não aguenta mais respirar. Falhou em tudo. Sonhou conquistar o mundo: nada conseguiu! Sufoca-se dentro de sua casa.

Levanta-se abruptamente, deixando seu livro aberto sobre o sofá, e caminha até sua biblioteca. Palavras: elas dão vida à sua febril desistência. O homem corre os olhos pelas inúmeras capas e escolhe a Florbela. Lê: "... Sobre um sonho desfeito ergueu a torre/ Doutro sonho mais alto e, se esse morre./ Mais outro e outro ainda, toda a vida!/ Que importa que nos vençam desenganos/ Se pudermos contar os nossos anos/ Assim com degraus duma subida?" Com isso, logo entende que é chegada a hora de terminar de construir sua torre babélica. Num ímpeto quase infantil, ele desliza seus braços pelas estantes onde guarda os livros, derrubando lentamente, um a um, no chão. Depois, carrega-os até a janela e começa, deliberadamente, a soltá-los e vê-los sangrar no chão. São muitos. A luz do dia já está toda tomada pela noite e o balé de pessoas cessara. O homem sente borboletas em seu estômago que parecem querer sair pelos seus ouvidos. São muitas asas barulhentas. Ele escuta muitas vozes saindo de seus livros; todas lá fora chamam por ele. Rapidamente, depara-se com a porta aberta e o elevador à sua espera. Sem pestanejar, desce e vai até onde estão as vozes a chamá-lo. Florbela diz a ele que é preciso construir sua torre.

O homem apressa-se em carregar os primeiros livros para o meio da praça: edifica os primeiros degraus. Sobe. De lá, ele enxerga sua infância. Sim, tem saudades daquele tempo que tinha vida, tinha a irmã, a mãe, o pai. Amava-os todos e de todos recebia amor. A ingenuidade lhe ofuscava a vista para o mundo que existia lá fora. Nesses primeiros degraus, o homem ouve uma triste canção saindo dos livros: ao seu lado, um poeta chora a infância querida que os anos não trazem mais! É o mesmo choro que ele queria chorar. Criou-se um clima fúnebre no início de sua torre. Porém, algum tempo depois, pediu licença ao poeta e foi em busca de mais escritos, deixando a (triste?) infância para trás. Aumentavam os degraus de sua (moribunda) vida. Chegou à metade: não tinha mais a irmã, não tinha mais os pais. Já sentia a vontade de parar a música. Encontrou a literatura. Tornou-se ela. Ouve bem baixinho o barulho cortante de um carro encontrando um caminhão. Chora. O homem desespera-se a cada passo que dá em sua torre; quer o desfecho. Falta-lhe o ar. Do alto, avista os últimos livros no pé da torre. Ele sabe que eles são o fim de tudo, precisa alcançá-los de qualquer forma. Equilibrando-se nas orelhas dos livros, já alçados como degraus, desce para eles. Logo que começa a escalada final, lembra-se daquele que estava a ler no lusco-fusco, de modo que volta ao seu apartamento para tê-lo. Quando o encontra caído no pé do sofá, depara-se com a torre pela janela. Vai até ela. Do lugar que está, consegue ver que em seu topo diversas vozes estão a chamar pelo seu nome. Querem-no lá em cima para concretizar sua vida. Sente vertigem. O espelho lhe revela a falta de identidade; tudo que vê é a ausência de sua existência. Triste fim. Ele apanha o livro aberto do chão e lê uma última frase: "Que sei eu do que serei, eu que não sei o que sou?" Tudo que ele é parece ter sido dito nos livros. Ele é todos. Ele é ninguém. Ao tirar os olhos de seu derradeiro livro, o suor lhe esconde a visão. Lusco-fusco. Segurando o livro em uma mão e tateando cuidadosamente as paredes de seu apartamento com a outra, o homem percebe a saída e entra no elevador. Chega ao pé da torre, acolhe os livros que faltam e retoma a subida que iria dar início ao desfecho do que tinha sido sua (mísera) vida. Do bolso de sua camisa, tira um cigarro e um isqueiro. Acende-o. Exala a fumaça. Durante o caminho, as vozes teimam em acompanhá-lo até o último momento. Pelo menos sua solidão ainda é combatida pelos livros, até nesses últimos passos. Próximo ao fim, sua visão dá o ar da graça: é preciso estar lúcido na hora da morte, alguém lhe diz. Chega ao ponto mais alto. Pela primeira vez, vê, ao mesmo tempo, todos os cantos da cidade lhe sorrindo. Todas as vozes emudecem. Silêncio. O homem deita o último livro sobre os outros e, antes que pudesse entender a verdade sobre sua vida, exaure-se com uma profunda tragada em seu cigarro e, lá do alto de sua Torre de Babel, atira-se para a morte.

SIM, QUERIDA, A TEUS PÉS ME DEITO.

Para Juliana Carbonieri

21 de Fevereiro,

Ela senta-se em uma confortável poltrona - dessas antigas que só encontramos na casa de nossos avós - coberta por uma desbotada colcha de veludo azul que cheirava a naftalina. Como se tornara habitual nesses últimos meses, ela passa o fim de tarde na casa de sua avó, no sótão. Luz de vela. Heloísa sente a presença de alguém que, exacerbadamente, está a vigiá-la desde o dia em que surpreendeu seu namorado com outra mulher. Nesse dia, milhões de vozes apareceram na cabeça da moça. Todos na rua pareciam apontar o dedo em sua direção, rindo da desgraça que acontecera em sua vida. Queriam pegá-la e fazê-la de palhaço, sabiam o que ele havia feito a ela. Falavam ao mesmo tempo vozes rasgadas, suaves, gritos, risadas ensurdecedoras, gargalhadas medrosas, tristes, choros de felicidade, de agonia, gemidos de gozo, de dor, murmúrios abafados com as costas das mãos, chamados alardeados pela forma em concha dos lábios alheios etc. etc. O vento trazia a voz do mundo para dentro de sua cabeça. Me deixem em paz! A rua por onde andava, logo após o encontro com o Cristiano, carregava em todas as pessoas um único rosto: a face daquele momento derradeiro, era seu desespero. O cheiro de fritura estava por toda parte. A mão dele sobre os seios dela, os olhares carentes em fogo, o cheiro de sexo, seu corpo pedindo caridade para outra fêmea, os lábios crivados em uma desesperada vontade um pelo outro. Finalmente chegou em sua casa. Todos entraram com ela. Continuavam a falar, chorar, gritar e gemer. Desespero. Ligou para sua mãe: me ajude. E ajudou. Na noite do mesmo dia, as pessoas foram embora, ficando, além de sua mãe, uma única voz em sua cabeça. E é essa voz que ainda está presente agora no sótão da casa de sua avó, ao lado da poltrona. Ela ajeita-se no veludo azul e pega um livro: A Teus Pés, sua devoção. Heloísa identificava-se profundamente com a poeta. Sabia que a Ana tivera uma experiência parecida com a dela, e que isso a perturbou para o resto de sua vida. Faz dois anos. Nesse tempo, Heloísa tentou escrever um romance: não passou da segunda página, e a primeira tinha mais frases da Ana do que as dela própria. Jogou fora esta ideia. Passou então a dedicar sua vida estudando os poemas da Ana. Foi a voz que está sempre ao seu lado que lhe aconselhou. Mas, mais do que estudar, passou a vivê-los. Cansei de ser mulher! Entro na sapataria popular: o lugar era um breu. Não conseguia perceber o que estava acontecendo a um palmo de seu rosto. Sabia que havia muitas pessoas ao seu redor, mas não identificava quase nenhuma voz, apenas aquela que a seguia dia e noite. Sentia o movimento de pessoas divertindo-se de um lado e outras a chorar em um canto ainda mais escuro. Ouviu a música: Cássia Eller. Depois de alguns minutos, sua vista começa a se acostumar com o ambiente escuro. O lugar começa a se mostrar diante de seus olhos. Vê o Caio, o aniversariante. Carrega consigo um presente ao amigo que tanto tem tentado devolver sua felicidade. Mas não o entrega. Logo vê outro amigo, o Armando, disparando uma gargalhada diante de um grupo de pessoas, todas conhecidas. A sala já está inteiramente desnuda. Ela cumprimenta os mais próximos e em seguida passeia pela sapataria. Heloísa entra no quarto de Caio. Está depressiva. Caminha pelo quarto, vagarosa, tocando com suavidade todos os objetos ao redor da cama. Em cada um deles, perde-se em pensamentos. Lembra de sua mãe, de seu pai, do Cristiano, de sua vida. Sente vontade de sair correndo de dentro da sapataria. Sua mãe percebeu tudo. Sente um cheiro muito forte de fritura, vira-se e lá estão: a mulher e o Cristiano. A mulher estica suas mãos e toca os seios de Heloísa. Ela pensa em fugir, mas o prazer é maior que a raiva. Começa a gemer. Surge uma vibração calorosa em seus lábios. Cristiano não está mais lá. Agora a cama está inteira para as duas amantes. Elas abraçam-se. Seus corpos estremecem. Cansei de ser homem. Ela pede perdão para sua imagem no espelho que olha para ela com a maquiagem toda borrada pelo choro. Vergonha. Heloísa continua desolada flutuando no quarto de Caio. Ele percebe o olhar profundo e perdido de Heloísa. Ela vai até a sala, onde todos estão bebendo. Trocaram a Cássia pelo Cazuza: continua na sapataria. Pela primeira vez naquela noite fala com Caio. Tecem poucas palavras, mas suficientes para que Caio se aperceba que sua amiga nunca estivera tão desfalecida com a vida como naquele dia. Após mais umas conversas, Heloísa foi para sua casa sozinha. Caio não a queria deixar, mas não conseguiu que ela passasse a noite no seu apartamento. No seu quarto escuro, Heloísa pega o disco do Queen que ganhou de Cristiano quando estavam passando as últimas férias juntos na Inglaterra. Coloca-o na vitrola. Ela sente a presença de alguém. É a voz que está pedindo o fim. Ela aumenta o volume do som tentando abafar a voz que está em sua cabeça. Há um duelo entre essa voz e a de Freddie. A presença da voz companheira vence. Freddie cala-se. Heloísa corta os pulsos.

Do sótão da casa de sua avó, Heloísa olha pela janela e vê, no telhado da casa vizinha, dois gatos amarelos atracando-se debaixo da chuva. O macho tenta de todas as formas possíveis subir em cima da fêmea que se faz de difícil. Delírio. Ela volta-se para o livro. Lê: "Minha dor. Me dá a mão". Sente-se profundamente triste. Desvia seu olhar para os pulsos já cicatrizados. O corte já não dói mais, mas a vontade de morrer ainda está latente. Sente frio nos pés. Alguém diz para ela tentar novamente. Tentar o que? Pergunta. Ouve alguns murmúrios lá embaixo, e pela janela vê uma mulher lhe acenando. Heloísa deixa o livro escorregar por entre a colcha azul de veludo até parar no pé da poltrona, derrubando três bolas de naftalina. Ela abre a janela e começa a recitar arduamente seu poema favorito da Ana: "Queria falar da morte/ e sua juventude me afagava./ Uma estabanada, alvíssima,/ um palito. Entre dentes/ não maldizia a distração/ elétrica, beleza ossuda/ al mare. Afogava-me". Ouve palmas. A mulher que lhe acena já não está mais sozinha: há uma multidão de pessoas exultantes embaixo da janela abrindo os braços à ela. São as mesmas que lhe acompanharam pelas ruas no dia em que viu seu namorado com a outra mulher. No meio dessas pessoas, vê o Caio e o Armando: eles também estão lhe acenando com as mãos e braços esticados, mas parecem tristes. Heloísa tenta falar um outro poema, mas sente um nó na garganta. Sobe no parapeito da janela. Seus olhos refletem a chuva. Por um segundo, escuta apenas o vento frio de Curitiba que cala a vela, deixando o sótão escuro.

Cai.

Ninguém está lá fora para ajudá-la. Todos já haviam ido para casa.

Chove bastante.

'KULTUR'

Todo indivíduo é virtualmente inimigo da civilização.
(Sigmund Freud)

Tentei criar um personagem para entrar no botequim, mas só o que consegui foi uma repetição do meu mesmo *eu* de todos os dias. Não sou nada mais do que apenas um plágio de mim mesmo; sou meu único personagem, aquele que vive sempre à sombra dos outros, tirando-lhes a vida. Disseram-me certa vez que eu não tinha vontade própria, e foi a partir desse momento que comecei a pensar sobre as minhas vontades. Cheguei à conclusão de que elas realmente não existem, e mais do que isso: elas não só não existem para mim, como também não são verdadeiras para mais ninguém; nenhuma pessoa as possui. A vontade existe apenas em um canto claro da coletividade, perto de todos que a queiram. A minha vontade não é própria porque é emprestada de alguém que já a usou. Pois então, pensando dessa forma, percebi que não conseguiria criar um personagem diferente do que sou (ou do que somos todos) para entrar nesse bar e fazer o que manda a tal vontade coletiva. Cheguei a duvidar desses... desejos (desejo é a forma mais elegante da vontade), mas logo senti que não adiantava lutar contra eles: somos feitos assim, amigos do ócio, inimigos da vida alheia. Sei que todos os desejos podem ser, de fato, manipulados simbolicamente, e por certo, já realizei muitos deles assim, fingindo, mas dessa vez tudo é muito forte, é preciso a realidade dos atos.

Entro no botequim. Caminho os meus olhos por cima de todos os rostos acomodados nas mesas. São caras alegres, tristes, desesperadas, sonhadoras, tranquilas, são caras de homens, mulheres, jovens, velhos, são rostos do povo. Todos diferentes uns dos outros, mas com a mesma facilidade de terem desejos. Os mesmos desejos. Pouso, demoradamente, meus olhos sobre alguns rostos que me lembram um espelho: me vejo ali. As vontades que carrego nas minhas costas parecem estar apoiando a existência de muitas outras pessoas. Percebo uma troca de confidências quando cruzo o olhar diante de um homem sentado próximo à janela. Ele parece querer me dizer que sabe qual é a minha intenção naquele lugar. E ao mesmo tempo, parece querer revelar que tem esses desejos a muito tempo, mas nunca ousou torná-los verdadeiros.

Com algum esforço, passo pela aglomeração de pessoas na frente do bar e caminho até próximo ao balcão. Tenho dificuldades em andar pelo corredor carregando minha viola nos braços. Os solavancos das luzes quase me quedam. Consigo segurar-me na ponta do balcão. Sinto fortes dores nos braços. Eles ficam anestesiados com o peso do instrumento e com o esforço em me manter de pé. Uma moça sentada à minha frente percebe o sufoco pelo qual estou passando, e oferece um espaço para que eu pudesse descansar minha viola. Sinto um vazio em minha cabeça ao mesmo tempo que um fino som começa a zunir dentro de meus ouvidos. Nesse momento, vejo-me no fundo do bar, caído no chão a observar mais e mais pessoas entrando a cada momento. Todos acotovelando-se sobre o meu corpo. Deitam seus rostos no meu e riem. Ouço longas e agudas risadas por toda a parte. Identifico a palavra *velho* saindo da boca de algumas das pessoas. Tentam envergonhar-me. A moça que segura minha viola caminha até o fundo do bar, olha para mim com desdém e cantarola uma triste canção. Grita que quer o meu fim. O rosto dessa moça começa a ficar estranhamente parecido com as feições dos meus companheiros de escritório e, por um momento, fixa-se na imagem de meu chefe. Tenho dor. Todos espremem com veemência minha cara contra o chão.

Com uma freada brusca em meu pensamento, agito-me por dentro e percebo que ainda estou pendurado (agora com os dois braços) no meio do balcão do botequim. Pego-me, visivelmente, suando. A moça ao meu lado (a mesma que segura minha viola), desvia seus olhos de viés para mim, mas não se apercebe de meu nervosismo. Ou pelo menos finge não se importar. Estou com os desejos à flor da pele. Dou início, portanto, à minha personificação das vontades: insinuo-me para essa moça como se fosse um jovem conquistador. Nada consigo. Corro os olhos pelos poucos espaços que ainda restam nas mesas do bar e descubro que o olhar da moça vai em direção a um outro homem. Desapontamento.

Porém, depois de alguns minutos atento à troca de olhares, excito-me em saber que a moça levanta, levemente, a saia para que o homem pudesse ver seu sexo sem a calcinha. Sinto uma ardência em meu sexo. Ela escorrega, discretamente, o corpo da viola por suas pernas. Seu rosto geme. O homem, prestes a perder o controle, levanta-se e cambaleia até a mesa da moça. Cochicha algo em seus ouvidos e vai até a porta de saída. Ela volta-se para mim, devolve-me a viola e espera, ao lado do homem, o garçom receber a conta para que pudessem ir embora. Sigo-os.

Caminhando a alguns metros do casal, posso observá-los entrando em uma casa velha e, aparentemente, abandonada. Num piscar de olhos, vejo-me dentro da casa a espreitá-los por trás de uma parede. A moça, já desnuda, coloca seus lábios no sexo do homem. O prazer é intenso. Nada vêem ao redor. Aproveito-me dessa distração para me aproximar. Encosto, com cuidado, minha viola no muro e lanço, pelas costas, um pesado braço na garganta do homem. Ele desequilibra-se e cai de lado. A moça lança uma forte gargalhada que soa familiar, e logo vem em minha direção. Beija-me na boca. O homem ensaia um impulso para levantar-se, mas não dou tempo a ele: descarrego, raivosamente, um chute em seu rosto. Com a ajuda da garota, continuo a bater no homem (agora com a viola) até tirar de sua vida o desejo coletivo da ânsia de matar o próximo.

Matámo-lo.

Viro-me para trás e ouço mais uma vez a moça a gargalhar, nua. Junto-me a ela e, sem perder mais tempo, caio de boca em seus rosados peitinhos de adolescente. Rolamos por cima do morto e, num ato de canibalismo nada simbólico, passamos a língua pelo seu corpo. Em seguida, escorrego direto para o fim do sexo de minha filha. Sinto muito prazer.

Gozo dentro dela o desejo do incesto.

A COLINA

Nesta manhã, logo que abriu os olhos, a menina foi pega pelo sol que há algumas horas já desfilava sobre sua casa. Rapidamente desceu as escadas e foi ter com sua mãe na cozinha. Sentou-se na mesa junto ao seu irmão e tomou seu café apressadamente: queria cair na piscina. O sol ardia pelo lado de fora da janela. Mal terminou de tomar seu suco de laranja, tirou a roupa, ficando apenas com seu biquíni, e correu para o fundo da casa ouvindo os gritos de sua mãe a reclamar da pressa com que havia tomado seu café. Mas a menina não deu ouvidos, sabia que todo dia era a mesma ladainha. Foi para água.

Em um único movimento, pulou certeira na piscina. Seus cabelos bailaram descompassados dentro das ondas provocadas pelo turbilhão de seu corpo em movimento. Por alguns segundos ficou entorpecida, mergulhada no meio das bolhas que emergiam do fundo da piscina. Prendia a respiração. De súbito, revelou-se à tona com água a deslizar levemente por suas costas disfarçando o clarão do sol. Com o calor que estava fazendo, a menina parecia envolvida com o abanar da água de sua piscina em todo o seu corpo.

Em um certo momento, o sol começou a mostrar pingos de cansaço. A chuva o arrebatou. Uma forte pancada de água veio ao encontro da menina que a recebia com brandura.

Junto com a chuva veio a vontade de subir a colina que via de sua piscina.

Sem ser notada, a menina saiu da piscina, pulou o muro de sua casa e caminhou, ainda vestida apenas com seu biquíni, até o pé dessa colina, que ficava há apenas alguns metros de sua casa. Ela sabia que ninguém podia entrar nela e muito menos escalá-la - ninguém sabe explicar o porquê, mas muito antes dela ter nascido já havia essa lei que proibia sua travessia. Porém, nesse dia, a menina estava predestinada a se embrenhar em seus caminhos de terra e chegar do outro lado.

A chuva ainda caía forte quando ela chegou na frente do muro que separava a cidade da colina. O muro tinha sido construído bem alto e longamente liso para inutilizar a travessia de pessoas que tentavam desrespeitar a lei, mas neste momento, quando se aproximava de lá, ela notou que ele estava cheio de pedras sobrepostas desnivelando-o. Foi muito fácil ultrapassá-lo e entrar na colina. A escalada pela terra argilosa é que foi um pouco difícil - durante a subida, o sol voltou a queimar suas costas e a terra permanecia eternamente molhada (apesar do calor) e escorregadia - mas perfeitamente possível.

Ela, levemente, foi subindo.

Durante as primeiras horas, a menina não se deparou com nada além de terra molhada, uma árvore e muitas pedras pelo caminho. Apenas quando chegou na metade do caminho para o cume da colina, começou a avistar alguns pássaros voando sobre sua cabeça, mas nem conseguiu identificá-los: estavam muito alto. Continuou a subida. Em alguns momentos, o sol chegava a lhe ofuscar a vista de tão forte que estava, mas não afetou em sua decisão de chegar do outro lado.

Quanto mais perto estava do topo, mais pássaros voavam ao seu redor. Via que eram Pombas.

Até que chegou ao ponto mais alto da colina.

Surpreendeu-se com uma grande cidade encoberta por milhares de Pombas do outro lado. Sentiu vontade de descer até a cidade. Agarrou-se na asa de uma delas e levemente foi descendo a colina.

Logo que chegou, uma grande pomba, que parecia comandar o céu daquele lugar, agarrou fortemente os ombros da menina e a levou para um lugar cheio de livros. Ela lhe entregou um livro sobre cidades, *As Cidades Invisíveis*, e a carregou de volta para o cume da colina. Disse-lhe para voltar para casa.

Na descida de volta, ela encontrou um homem vestindo um calção de banho.

- Quem é você? - Perguntou surpresa.
- Eu!
- O que faz aqui?
- Não sei.
- Não sabe? Onde você mora?
- Ali.
- Ali, onde?
- Ali. Logo ali. - mostrou a direção com o dedo.
- Você está perdido?
- Não. E você?
- Também não. Estou voltando para casa. Estava do outro lado da colina. Você está vindo de onde?
- Eu estava no mesmo lugar que você.

Nesse momento, eles perceberam que estavam encharcados pela chuva que voltara a cair estrondosamente. Eles correram para debaixo da única árvore que estava por perto. Protegendo-se da chuva, ela percebeu que o livro que pegou na cidade estava todo molhado, desfalecendo-se. Viu também que o homem estava com o mesmo livro.

- Onde você conseguiu esse livro?
- Não sei, acho que foi um pássaro que me levou até o livro... mas não tenho certeza, e o seu? É o mesmo que o meu?
- Sim, é o mesmo. Eu também (acredito que) fui pega por um pássaro que me levou até onde estava esse livro. Depois ele me trouxe de volta para o cume da colina e pediu para que eu voltasse para casa.
- É. Acho que foi isso que me aconteceu.

A chuva havia parado.

- Você quer nadar?
- Quero. Onde?
- Vamos para minha casa.

A descida de volta foi tranquila. Agora a menina estava acompanhada, tinha com quem conversar.

Os dois pularam, despercebidos, o muro da colina para a cidade e logo estavam dentro do quintal da casa da menina. Foram até a piscina. Eles enrolaram-se pelo borborejar da água e ficaram por lá mais alguns minutos até o cair da noite.

A menina voltou para dentro de sua casa e não encontrou ninguém. Sua casa estava vazia. Na verdade, toda a cidade estava vazia, apenas uma ou outra pomba vagava pelas árvores. Ela chamou o homem para dentro de sua casa e então dormiram.

No dia seguinte, os dois acordaram com muito calor e foram direto para a piscina. O interior da casa continuava vazio, mas a cidade já estava completamente invadida por pombos. Não conseguiram nem ver a água da piscina: estava tomada pelos pombos. Não tinham o que fazer por lá, então decidiram atravessar a colina novamente.

Dessa vez a passagem pelo muro foi ainda mais fácil do que da primeira vez: tinha um buraco por onde eles puderam passar sossegados. A escalada, como da outra vez, foi regada a muito sol.

Quando estavam próximos ao cume da colina, encontraram um pequeno grupo de dois homens e duas mulheres indo na mesma direção que eles. Todos carregavam o mesmo livro e contavam a mesma história. Logo que se conheceram e viram que estavam indo para o mesmo lugar, a menina e o homem somaram-se ao grupo e continuaram a caminhada.

Ao avistarem o outro lado da colina, viram: nem a cidade, nem os pombos estavam mais lá. No lugar apenas um vasto campo aberto. Tudo havia desaparecido: as casas, os prédios, as pessoas, as pombas. O lugar era um nada. Havia apenas a chuva que tonteava a terra.

Eles desceram a colina com destreza, e logo já estavam no lugar onde, até o dia anterior, ficava a cidade. Com a força da chuva, começaram a aparecer pequenas poças d'água que, sem demora, se transformaram em lagos. Mas não tardou para que o sol assumisse o céu novamente.

- Vocês querem nadar? - Perguntou a menina ao grupo de amigos.

Todos concordaram, e no mesmo instante já estavam embrenhados nas águas dos lagos, deliciando-se com o vazio da cidade. Ficaram assim até vir a noite, em seguida adormeceram.

Na manhã seguinte, depararam-se com uma floresta de árvores invadindo a colina e toda a região da antiga cidade. Levantaram-se e saíram em busca de madeiras para construírem algumas casas.

Em poucos dias, essas construções corriam por toda a colina unindo-se às outras cidades. Os pombos retornavam de todos os lados trazendo novas pessoas para ali morarem. A menina e seus amigos nunca mais foram encontrados. Os moradores dessa cidade eram todos iguais: tinham o mesmo andar, a mesma altura, o mesmo rosto...

A MESMA VOZ

Para Fortunato

> *Outra noite, outro sono.*
> *Como se eu sonhasse o sono*
> *De outro dono.*
> (Chico Buarque)

Ainda sentindo uma forte tontura e um gosto amargo em minha boca, decido que é preciso tirar algum proveito nessa história toda. Chega de fingir que está tudo bem. Ela não tem o direito de fazer o que bem quiser da minha vida; se eu não quiser escrever um conto de vinte páginas, eu não escrevo. Será que ela não consegue entender que não pode mandar nas pessoas dessa forma? Sim, é mestre em língua inglesa, mas e daí. Grande bosta! A minha vida tornou-se um inferno com ela por perto. E nem precisa ser dia de aula, a cada momento da minha vida ela está presente como um fantasma. E bem que realmente se parece com um maldito fantasma, aquela imbecil.

Saio do bar arrastado pela ideia febril de que preciso fazer alguma coisa para aliviar a tensão criada por essa mulher; preciso ter o máximo de prazer, tudo o que puder tirar dela. Sei que não farei nada além do que ela faz comigo. Sinto uma grande euforia brotando em meu corpo. Lembro-me novamente de estar vivendo as vidas de alguns personagens e de como é possível sentir-me plenamente satisfeito vivendo-as. Faço delas meu existir. Cambaleio pelas ruas de Curitiba tateando as pessoas que andam, desvairadamente, invadindo meu caminho. Vejo esse corpo de pessoas ordinárias, todas com o mesmo rosto e mesmos pensamentos. Desvio de todos e continuo andando em direção à universidade.

Na portaria da reitoria, diversas pessoas passam por mim rapidamente. Não percebo seus rostos, e nem elas o meu. Entro no elevador e logo já estou dentro do banheiro do nono andar. Espero alguns minutos até ter a certeza de que ninguém mais passaria correndo pelos corredores para ir embora. Todos já haviam saído das salas. Ela ainda não. Sei que fica sempre até mais tarde em sua sala bebericando xícaras e mais xícaras de café e paquerando na Internet. Passeio meu corpo pelo corredor e vou, rapidamente, até a última sala. Bato vagarosamente de viés na porta. Silêncio. Mais uma batida extremamente tímida. Ouço que alguém se desloca pela sala para atender a porta. Ela coloca a bizarra cara para fora e abre um falso sorriso para mim, fingindo estar feliz que me viu. Sei que precisa se sentir superior, útil, portanto, faço-me de um humilde idiota pedindo ajuda ao grande mestre do conhecimento. Ela engole. Deixa-me entrar. Começo a sentir meu sexo. Por um mísero momento, ela vira-se de costas para mim para puxar uma cadeira, com isso consigo pegar um grosso livro que estava por ali apenas impedindo que algumas folhas avulsas sobre a mesa pudessem voar. Tudo o que preciso é usá-lo. Ela volta-se para mim e pergunta o que quero. Sem pensar duas vezes tiro meu sexo para fora e me aproximo de sua boca. Tão logo pensei em forçá-la para aproximar-se de mim, sua língua já deslizava pelo meu corpo.

Nesse exato momento, uma sensação maçante começou a envolver meu corpo profundamente, principalmente nas regiões por onde ela acariciava com seus lábios e língua. Sinto que é algo que vai se espalhando a partir dos meus pés e arrepiando todos os meus pêlos, um por um, lentamente e com precisão. Percebo que o que está acontecendo comigo é como se uma forte sensação estivesse abraçando não só meu corpo, mas também a minha alma. Vagarosamente, as coisas ao meu redor começam a girar, girar. Vejo que ela continua abaixada acariciando meu sexo, mas não consigo mais fixar seu rosto em um único ponto. Sinto que vou cair. A tontura prolonga-se e aumenta de intensidade de uma tal maneira que não consigo perceber onde estou e nem quem está comigo. A minha única lucidez vem pelos ouvidos: escuto uma áspera melodia tocada por um dengoso piano. Não me sinto bem com essa canção pairando em minha cabeça. Aos poucos, começo a sentir um gosto de fel em minha boca. A tontura está tão presente que não me vejo apoiado com os pés no chão: flutuo sentindo pesadas correntes presas em meus braços e sexo, impedindo que eu saia pela janela. Junto a essas correntes, vejo pesadas mãos puxando-me bruscamente para baixo. (...) Sinto o chão. Vejo a mulher. A tontura começa a diminuir, mas o gosto de fel em minha boca intensifica-se. Não resta dúvidas: agarro os cabelos da mulher e faço com que beije o mesmo chão que estou. Faço com que engula um pouco da comida e bebida que acabo de vomitar sobre seus pés. Aumento a força com que seguro seus cabelos e bato, sistematicamente, sua cara contra o chão. Ela grita para eu parar. Sente dor. Sinto meu sexo. Com muita raiva acumulada durante os últimos meses nesta universidade, descarrego, impulsivamente, o livro de minhas mãos direto em sua cara amassada. Ainda impulsionado pelo prazer imenso que sinto de sua dor, começo a rir incontrolavelmente. Sento-a no chão de modo comportado e fico em sua frente fingindo oferecer piedade. Aproximo meu rosto de sua respiração e escuto sua voz sussurrada pedindo para eu ir embora.

No começo não havia percebido a presença de mais ninguém naquele corredor, mas depois de algum tempo ouvi gemidos. Apuro meus ouvidos e descubro que são gemidos de sexo. Gemidos femininos. Corro para o canto de onde vem o desejo e deparo-me com duas garotas beijando-se efusivamente. Tento ser discreto, mas sem demora uma delas nota que as descobri. Não se fazem de rogadas pela minha presença ali e intensificam seus carinhos. Elas entram na sala e vêem a cena. Pedem para que eu traga a mulher ensangüentada para perto delas. Percebo que também sentem prazer ao ver a dor da minha vítima. Convido-as para irem até minha chácara e levarem a mulher conosco. Aceitam.

Não tivemos nenhum problema em sair com a moribunda do prédio sem sermos notados, todos já haviam ido embora e dessa forma pudemos sair pela porta de trás da reitoria. Saímos eu, as duas moças e a mulher toda vomitada e surrada prestes a ficar inconsciente. No caminho para a minha casa, toda a repulsa do cheiro fétido que vinha da mistura do sangue com o vômito envolvendo o carro que estávamos, tornou-se a fonte de meu prazer. Sinto meu sexo ardendo dentro de minhas calças. Lembro-me do meu moribundo "irmão" pego por um ônibus e levado para meu deleite. Lembro-me de sua dor. Ouço a mesma dor na mulher ao meu lado, indo para os meus cachorros.

Já na chácara (minha casa), as duas amantes tiram a roupa. Elas acariciam a pele estragada e vomitada da mulher. Gemidos. Deitam por cima do corpo estagnado no chão e beijam-se. Peço para que saiam de cima de minha vítima de modo que possa olhá-la também. Elas viram-se para um canto qualquer do jardim e observam o ato: entrego, mais uma vez, a dor para os meus cinco cachorros.

Dedico-lhe, ó Fortunato, toda a dor dessa mulher. Busque o seu prazer no sofrimento alheio.

Junto às duas moças, entrego todo o meu gozo.

LEPIDOPTERA

A grama e as cadeiras do jardim estão todas molhadas, mas o menino não se intimida—logo o sol vai secá-las. Acomoda-se em seu lugar favorito, embaixo da única árvore plantada por seu pai—uma mangueira—e abre seu livro em busca do nome científico de uma borboleta que acaba de passar por ele e, em seguida, pousa em uma flor, procurando seu néctar. Acha: xxxxxx. Excitação. De súbito, entusiasmado com a presença dessa borboleta ao seu alcance, Gregório levanta-se da cadeira, pega a parafernália de catar insetos e põe-se a correr atrás dela. O voo desfigurado das borboletas sempre é o grande obstáculo para conseguir capturá-las. Elas sabem que podem usar seus desvios no ar para escapar do perigo. Tresloucas. Outras borboletas começam a desfilar próximas ao menino. Elas parecem querer ajudar aquela que está sendo perseguida por Gregório. O menino perde-se nas curvas sem nexo das dezenas de borboletas que ali estão. Cansa. O bater de suas asas as leva, momentaneamente, para fora do alcance do menino. As borboletas conhecem Gregório, sabem que ele as ama, mas não gostam de ser pegas. Preferem fazer o balé pelo ar, exibindo, orgulhosas, toda a beleza de suas reluzentes asas. Ouve-se uma música: baila, leve, baila bailarina nesse baile...

O menino, cansado, mas feliz por ter o esvoaçar das borboletas à sua frente, volta para debaixo da árvore para observar a dança descompassada que elas fazem. Delírio. Elas precisam mostrar que sabem fazer arte. Cambaleiam ao som das asas batendo umas nas outras, rodopiam. Não podem parar nunca; passeiam diante dos olhos atentos de Gregório, sabendo que podem encantar qualquer pessoa com seus passos. Depois de alguns minutos de espetáculo, o menino e as borboletas estão hipnotizados: elas precisam do menino, e ele não vive sem tê-las diante de seus olhos. Essa simbiose necessária faz com que surja uma ligação forte entre essas vidas. O curto espaço de tempo que vive uma borboleta—que, comparado ao nosso tempo de vida, é realmente pequeno—é todo dedicado à Beleza. Essas borboletas diante de Gregório vivem seu único, mas suficiente momento de felicidade. Dançam, rodopiam, bailam nesse baile...

Inebriado com as borboletas dançando sobre as flores de seu jardim, Gregório não percebe que, do outro lado, uma singular borboleta se aproxima voando em sua direção. Seu voo é diferente: ela não parece titubear pelo ar. Vem serena, sem curvar o corpo no céu, retilínea. Quando as outras borboletas que giram diante do menino percebem a presença dessa nova espécie, elas perdem o controle do vento. Desespero. Há uma grande confusão no ar: cada borboleta procura o caminho mais seguro para desaparecer do jardim. O menino sabe que algo não está certo: é a primeira vez que esse tipo de borboleta (que, com o voo reto, espanta as outras) voa em seu jardim. Por que todo esse espanto? Nesse momento, há um silêncio desigual ao redor do jardim: nenhum vento, nenhum ruído, nem o bater das asas dessa borboleta é ouvido. Ela desliza no ar sem ao menos movê-las. Ela pousa diante de Gregório, aproximando seu corpo aos olhos do menino. Suas asas longas, azuis e brilhantes mantêm-se abertas, dando a impressão de aumentar seu tamanho, impondo respeito. Sua beleza é incomparável. Gregório sente-se preso com a presença desse ser parado à sua frente. Tentou mover suas mãos até a rede de catar insetos, mas não conseguiu nem mesmo mexer os dedos. Seu coração ritmava um forte pulsar silencioso.

Em um piscar de olhos, Gregório vê as asas da borboleta forçando-a a voar. Ele consegue acompanhar apenas com os olhos os movimentos do inseto indo em sua direção. Sente uma mistura de medo e euforia. Ela voa sem quebrar o vento e pousa em sua cabeça. Arrepio. Ele queria tocá-la, mas não consegue esticar o braço até seu cabelo. Na mesma hora em que se esforça para pegá-la, vê que a borboleta começa a carregá-lo até a árvore. Ele é levado, calmamente, por ela até o último galho da mangueira. Ela prepara um espaço confortável para o menino e o deixa deitado.

Da mesma forma que chegou, a borboleta vai embora: suavemente. Gregório permanece sem movimento, agora sozinho, estirado de bruços no galho. Tudo ao seu redor parece ficar escuro; não consegue identificar mais nada. Breu. Ele tem a sensação de estar preso dentro de um círculo que lhe tira toda a claridade do dia. O menino sente fome. Aos poucos, consegue movimentar as costas e, instintivamente, sai em busca de algo para comer. Lembra-se de que está em cima da árvore. Que melhor lugar para conseguir degustar uma deliciosa folha? Ele havia se transformado em uma amedrontada lagarta. Caminha, afavelmente, mexendo seu corpo gosmento em forma de ondas.

Gregório parece passar horas comendo as folhas da árvore calmamente, mas com muita vontade. Aos poucos, começa a sentir seu corpo novamente paralisando, mas, dessa vez, sem perceber, pendura-se na ponta de um pequeno galho de cabeça para baixo, seguro por uma pupa. Perde-se dentro de uma exímia crisálida. Por algumas horas, o jardim voltou a ficar em silêncio, sem som nem movimento. Ouvia-se pequenos ruídos apenas dentro da pupa. Até que, com muita força, quebrando o marasmo estonteante do jardim, o menino rompe o caminho e sai de dentro dessa proteção, pronto para voar: é uma borboleta. Suas asas assemelham-se àquelas da borboleta que o levou para cima da árvore: eram longas, azuis e brilhantes.

Engrandecida por sua beleza, lança-se em seu primeiro bater de asas. Não encontra dificuldade. Voa como tem que ser: desgovernada, sem direção pelo céu, como todas as outras borboletas que começam a se aproximar de seu jardim. Logo, já está

acompanhada por um grande grupo de amigas, aquecendo-se com o sol, pousando de flor em flor e bailando. Ela, naturalmente, sente a necessidade de se exibir para algumas pessoas; todas saem do jardim em busca de plateia. A quantidade de borboletas aumenta a cada minuto que passa. Revoada descompassada. Voar junto com elas torna-se difícil: ela não consegue controlar suas asas que batem nas outras borboletas.

Perde-se do grupo. É empurrada para um jardim longe de sua casa. Neste lugar, vê uma mulher sentada debaixo de uma árvore, deitando a cabeça no chão. Ela lê um livro. Querendo agradar a mulher e aproveitando para satisfazer sua necessidade de se exibir, a borboleta começa a trançar a visão da moça. Usa toda sua maestria nesse voo. A mulher mostra sinais de que não está gostando nada da presença desse inseto em seu jardim. A borboleta não percebe essa insatisfação da espectadora e continua em sua valsa pelo ar. Logo, escorrega levemente para próximo da mulher e pousa diante de seu rosto. Ela sente pavor: tem medo da borboleta. O pó que sai das asas do inseto espalha-se por todo seu corpo, irritando-a.

Com o corpo todo arrepiado, a mulher não pensa duas vezes: em um forte ímpeto infantil (medo de ficar cega com o pó das asas da borboleta?), segura seu livro arduamente com as duas mãos e espreme a borboleta contra o chão. A metamorfose completa-se.

INJÚRIAS

Para Eduardo

Curitiba, 6 de janeiro de 1998

Eduardo, nada mais intrigante do que o saudosismo. E eu sou - ou melhor, estou me tornando - um grandioso saudosista! Não que eu esteja com saudades do momento em que todos somos mais felizes: o passado. Mas porque vivo o presente com os olhos voltados para uma época memória - será que não é a mesma coisa? Não sei lhe dizer ao certo, mas sei que essa época memória reaparece em estranhos caminhos quando penso, pois não é mais o tempo real, e sim o tempo imaginário que em outro momento fora real. Ou será que não era real o que se prestava como tal? Ou então, não era real para um imaginário verdadeiro, e sim para um imaginário falso? Sim, estou sendo um pouco cansativo com esse raciocínio, mas quando me pego sem fazer nada, fico tentando encontrar respostas - o que, consequentemente, não é ficar sem fazer nada - e, então, acabo sempre encontrando mais perguntas e me metamorfoseando em um saudosista da metafísica da vida. E por falar em metafísica, cito Álvaro de Campos, o grande realista da metafísica, que de verdadeiro tem o nome e toda a poesia. Digo: "No tempo em que festejavam o dia dos meus anos,/Eu era feliz e ninguém estava morto.../Para, meu coração!/ Não penses! Deixa o pensar na cabeça!/ Ó meu Deus, meu Deus, meu Deus!/ Hoje já não faço anos./Duro..." Pois é, Eduardo, quando vim para essa cidade de quase dois milhões de habitantes, você também estava aqui. No dia em que fazíamos anos, estávamos aqui, nos dias horríveis de calor e nos confortáveis, mas às vezes inconsoláveis, dias de frio em Curitiba. Essa moça que é feita de luz e flores - gosta do hino de Curitiba? - nos viu na música, na vontade de ter uma banda, ou de pelo menos ver uma banda... e vimos! Como vimos. Foram muitas, de todas as partes do mundo - que mundo pequeno: uma casa de praia ao lado da outra! E as mulheres? Que horas são? Acho que seu pé está queimando, né? O que vocês três estavam fazendo na água hoje à tarde, sendo arrastados pela correnteza do mar? Será que ele é? E tome samba! - Ó mente irrequieta, não se cansa de vagar pelo quarto da Memória! Confissões são para sempre? Tenho tantas que dariam para encher uma sacola de feira. E o Bon Scott agradece! Não queria que fosse desse jeito! Tempo escasso? Não, o seu tempo não é escasso, muito menos o meu! Eu vejo a minha moça todos os dias e ainda, como um personagem, ando por Dublin e por Curitiba o dia inteiro. É certo que eu tenho tempo porque não fico de carro no engarrafamento por horas - que coisa mais contemporânea, não? - ando, pleonasticamente, a pé! Acho que carro nos faz perder tempo. Veja você: não tem tempo para o passado e tem carro! Será coincidência? Não!, agora me lembrei: outros passados! É isso, você tem outros passados, e para estes existe tempo. Lógico! Ou será que não é tão lógico assim? Acho que se fosse tão lógico dessa forma, não estaria escrevendo e tentando buscar a Curitiba Perdida que Dalton tanto procura. Mas a dele é diferente: o seu passado está morto, somente ele está por aí... Na verdade, acho que o meu também está morto, e eu estou por aí... esbarrando por ele em livros e nas ruas... então acho que o passado do Vampiro é como o meu! Não!, não pode ser. É tão triste ter o passado perdido e... deixa pra lá. Cansei. Sim, ela está bem. Quer dizer, está com oitenta e um anos, e uma pessoa com essa idade nunca está totalmente bem de saúde, não é? Mas ela está bem! Ah, não ligue para as minhas contradições, porque isso é a prova viva do que Machado imortalizou: a eterna contradição humana... e você sabe que o que vem dele é infalível, certo? Comprei um CD muito bom do Black Sabbath: *Sabotage*. É, para mim também é o melhor com o Ozzy. Até quando será que vai essa promoção de apenas quatorze reais na Temptation? Acho que vou comprar *Never Say Die*, o que você acha? Pois é, não é muito bom, mas é Black, não é? Eu não consigo imaginar que vamos ver o Iron amanhã aqui em

Curitiba! Acho que vou chorar, isso se eu não morrer. O Leo também não quer mais saber de ligar. Também escondeu o passado e o tirou da minha frente. Mas vocês, hein? Por que esconderam o passado e me deixaram apenas com a memória? O problema é que vocês se esqueceram de esconder o desejo, que é muito amigo da memória! Não, o Hugo também levou o passado junto com ele. Mas... tenho a minha moça. É, somente ela. Espere um pouco, tenho que abrir a porta. Meu passado estava passando as férias comigo, mas agora está indo embora, e seu voo - ah, que chique, não? Eles agora usam avião - está marcado para às onze horas da noite e já são nove e cinquenta. Infelizmente ele não quis me dizer para onde está indo, apenas diz que vai embora - não entenda mal, não é em boa hora, é embora - e talvez não volte mais. Mas sempre há um fio de esperança. Lembre-se do que canta Gonzaguinha: "meu irmão, amanhã ou depois a gente se encontra no velho lugar, se abraça e fala da vida que foi por aí, por aí, por aí, por aí..." Pronto, estou de volta, e um pouco mais feliz! Sabe o que aconteceu? Antes de ir embora, o passado me deixou um presente: um retrato em branco e preto (Chico e Tom). Sou eu e ele na foto nos abraçando em Pontal do Sul. Quando eu tiver saudades dele, posso olhar para a fotografia. Ah, e sabe qual é o nome que ele deu para a fotografia? Lembrança. A lembrança do passado! Vou cuidar dela como se cuida de uma amada (Carolina), porque o passado foi muito bom para mim me dando essa fotografia, apesar de não querer mais voltar. Que sentimentalismo mais comprado, não acha? Peça ao seu passado, que é muito amigo do meu, para tentar entrar em contato com ele. Quando conseguir, é só me ligar ou mandar um e-mail. Certo?

www.zipmail.com.br - o e-mail que vai aonde você está!

ABSURDA ANGÚSTIA

Por alguns míseros segundos, ele parecia feliz por ter visto uma mulher no fim da estradinha de terra, mas logo percebeu que ela estava muito longe e que ainda iria precisar de mais algumas horas de caminhada até chegar perto dela. Continuou a caminhada pela estrada unicamente reta, sem nenhuma curva. Nada existia ao seu redor, toda a vegetação havia sumido, e já fazia horas que nenhum animal passava por ele. Sua única companhia era a poeira da estradinha fazendo peripécias pelo caminho - a última acrobacia da poeira tinha sido a invenção da figura de uma mulher na sua frente. Desde que Samuel começou a ocupar seu tempo com essa caminhada em busca de alguma coisa para fazer, tudo parecia ficar tristemente inútil; sua única distração era acompanhar a poeira em seus vôos pelo ar e caminhar, caminhar. Curitiba já tinha ficado muito para trás. Tudo era um vazio por ali. O homem respirava com muita dificuldade o ar daquele lugar. Esforçava-se para manter um ritmo forte na caminhada, mas a cada passo que dava sentia fortes dores pelo corpo, por isso acabava sempre diminuindo suas passadas. Um fino risco de suor que descia pela sua face avermelhada queimava todo seu rosto e entorpecia sua visão.

Muitas imagens - que não eram verdadeiras, e sim criações da poeira - apareciam diante de seus olhos, enganando-o, mas desta vez ele não teve dúvida: alguns ramos de vegetais começaram a aparecer em seu caminho, e conforme ele caminhava, o campo verdíssimo ia aumentando. Eram pés de cenoura. Muitas cenouras. Curiosamente, Samuel encontrou algumas cenouras comidas jogadas no canto da estradinha formando uma trilha, como se por ali tivessem passado algumas pessoas há pouco tempo.

Mais adiante, ele avistou no horizonte uma forma de árvore. Sabia que era verdadeira porque não havia mais a poeira para lhe ofuscar a vista: era realmente uma bela árvore. Ele precisava descansar. Fazia horas que andava, andava, sem arredar o pé da estrada e sem ver nenhum fio de sombra; até mesmo porque não havia lugar para esconder-se do sol. Ao se aproximar da árvore, Samuel sentia náuseas, e uma forte dor de estômago. Encostou o corpo no tronco da árvore e escorregou até parar no chão. Antes de pensar em cerrar seus olhos completamente, percebeu que a trilha de cenouras comidas acabava naquele lugar: justamente onde começava a sombra por onde deitava sossegadamente sua cabeça. Espantou-se. De súbito, levantou-se e pousou os olhos sobre o lugar que estava. Sentiu uma forte tontura por ter se levantado rapidamente. Caiu novamente no mesmo lugar que havia escolhido para descansar, não sem antes notar um pedaço de cinto pendurado em um galho da árvore e um outro pedaço estendido no chão: sabia que tinha mais alguém por ali, mas a princípio não encontrou ninguém. Samuel pensou em ficar esperando por esse alguém, mas quando resolveu olhar por trás da árvore, percebeu que o caminho de cenouras continuava adiante, até se perder de vista. Se por algum momento alguém esteve por ali, já havia, com certeza, partido há tempos. Tentou se levantar e continuar a andar pela estradinha, seguindo as cenouras comidas, mas novamente não teve forças para isso. Desmaiou.

Deparou-se com dois homens discutindo ao seu lado. Eles o acordaram.

Vladimir: Quem é você?

Estragon: Quem é você? Godot?

Samuel: Samuel.

Silêncio.

Vladimir: O que está fazendo aqui?

Samuel: Procurando alguma coisa para fazer. E vocês?

Vladimir: Nós? (*Vira-se para Estragon e pergunta*) O que estamos fazendo aqui?

Estragon: Esperando por Godot. Vamos matar o tempo?

Samuel: Godot?

Só depois de um tempo conversando com os homens, foi que Samuel percebeu que o cinto que havia visto quando chegou na árvore para descansar, não estava mais lá, e sim na velha calça de Estragon, inteiro. Olhou assustado novamente para o galho da árvore para certificar-se de que não estava enganado e percebeu ainda que a trilha de cenouras não continuava depois da árvore, ela acabava por ali, na mão do mesmo Estragon.

Samuel: Este cinto não estava ali em cima da árvore?

Estragon: Não, sempre esteve aqui comigo, segurando as minhas calças. Acabamos de chegar aqui. Me ajuda a arrancar minha bota. (*Samuel vai até ele para ajudá-lo*)

Vladimir: Acabamos de chegar aqui. (*Vira-se para Estragon*) O que viemos fazer aqui?

Estragon: Esperar.

Vladimir: Vamos embora?

Estragon: Não podemos.

Vladimir: Por que não? (*Demonstra indignação, surpresa*)

Estragon: Porque estamos esperando por Godot.

Silêncio.

Vladimir: Ah!, Sim. Nós estivemos aqui ontem esperando por ele, não estivemos?

Estragon: Claro que não. É a primeira vez que viemos para cá.

Samuel: Vocês estão vindo de onde?

Vladimir: De lá. (*Ele disse apontando na direção que Samuel chegou*)

Estragon: De lá. (*Ele disse, ao mesmo tempo que Vladimir, apontando na direção oposta que Samuel chegou*)

Estragon tirou o seu cinto e com esforço enlaçou um galho da árvore. Ao mesmo tempo sua calça cai no chão. Vladimir e Samuel riram efusivamente, mas logo arrependeram-se e correram para ajudar o amigo. Levantaram a calça de Estragon e a prenderam com um cinto que Samuel lhe emprestara (Samuel não se importou em ficar com as calças caídas). Para passar o tempo (Ou dar um fim ao tempo), resolveram subir em cima da árvore para enrolarem-se no cinto (pelo pescoço) e jogarem-se lá de cima. Fizeram-no. O cinto não resistiu ao peso deles e partiu-se em dois: um pedaço ficou pendurado ainda em cima do galho, enquanto que o outro caiu, juntamente com os três homens, no chão, ao lado de uma cenoura. Caídos, eles olharam-se e sentiram uma fina tristeza. Vazio. Sentimento de perda. Sentiram-se sufocados com toda aquela situação ridícula: espatifados no chão depois de uma tentativa frustrada de enforcamento com um cinto podre.

Samuel sugeriu para Estragon e Vladimir que o acompanhasse pela estradinha: queria continuar sua caminhada, cada vez mais longe de sua Curitiba. Partiram. Deram a volta pela árvore e foram adiante. Estragon foi deixando sua marca de cenouras comidas pelo caminho, tal qual um coelho.

Algumas horas de caminhada foram necessárias para que pudessem avistar algumas luzes no fim da estradinha: era uma nova cidade. Aos poucos foram percebendo a presença de algumas pessoas indo e vindo, movimentando a fatigada caminhada. Nenhum dos três sabia qual era essa cidade, mas eles sabiam que ali poderiam comprar uma corda resistente para amarrarem lá na árvore e terminarem o que começaram. Samuel era levado por qualquer coisa: nada mais tinha na vida. Precisava apenas encher o seu tempo com alguma coisa e procurar, da melhor forma possível, seu fim. Portanto...

Continuaram a caminhada, agora dentro da cidade. Foram em busca de uma loja de cordas. Estarrecido, Samuel percebeu que a facilidade com que andou pela cidade era explicada pelo fato de estar em sua própria cidade: Curitiba. Voltou para lá sem perceber. Procura pensar se pegou o caminho errado quando resolveu continuar a caminhada. Lembra que chegou por um lado da árvore e que quando retornou para a estradinha, tinha certeza que foi pelo lado oposto por onde havia chegado. A cidade repetia-se. Estragon e Vladimir não estavam mais ao seu lado. Sumiram. Samuel olhou ao seu redor à procura dos dois amigos, mas nada encontrou. Decidiu continuar andando pelas ruas e cortar toda a cidade até chegar na estradinha pela qual havia saído no dia anterior. Desviando do aglomerado de pessoas, logo Samuel aportou no início da velha estradinha de terra e, sem hesitar, começou a andar por ela, buscando seu fim. Sentiu-se sozinho.

Alguns quilômetros para frente, toda a vegetação desaparece, Samuel tem a poeira como única presença. Ela lhe ofusca a visão. Pingos de suor ajudam a acentuar a dificuldade de discernir o real do irreal. Por alguns míseros segundos ele parecia feliz por ter visto uma mulher no fim da estradinha de terra, mas logo percebeu que ela estava muito longe e que ainda iria precisar de mais algumas horas de caminhada até chegar perto dela. Mesmo apesar da dificuldade para respirar, Samuel continuou a caminhada.

Mais adiante, ele percebeu a existência de vegetais pela estradinha. E conforme caminhava, o campo verdíssimo ia aumentando. Eram pés de cenoura. Muitas cenouras. Curiosamente, Samuel encontrou algumas cenouras comidas jogadas no canto da estradinha formando uma trilha, como se por ali tivessem passado algumas pessoas há pouco tempo. Sem demorar, avistou a silhueta de uma formosa árvore no meio do campo de cenouras: era uma oportunidade para descansar. Quando se aproximou da árvore percebeu uma grande sombra onde poderia se deitar. Foi até lá. Seu corpo, já todo dolorido pela caminhada, escorregou até o chão. Sentiu fraqueza e ânsia. Do chão viu um pedaço de cinto pendurado em um grande galho da árvore e um outro debruçado no chão. Imaginou que pudesse ter alguém por ali. Virou-se e viu que o caminho de cenouras continuava por trás da árvore. Tentou, inutilmente, levantar-se. Caiu de volta ao lado do tronco da árvore. Desmaiou.

Ao seu lado estavam dois homens sorrindo, olhando para ele:

Estragon: Quem é você?

Samuel: Quem são vocês?

Vladimir: (*Vira-se para o amigo*) Estragon, quem somos nós?

Estragon: Não sei.

Samuel: O que fazem aqui?

Estragon: Esperamos por alguém! Não será você?

Samuel: Não! Por quem esperam?

Estragon: (*Vira-se para o amigo*) Vladimir, por quem esperamos?

Vladimir: O cinto.

Estragon: Nós esperamos pelo cinto?

Vladimir: Não! *Tire* o cinto.

Estragon: Empresta o seu cinto. (*Samuel entrega o cinto para ele e não percebe que perdeu a calça*)

Estragon arremessou o cinto ao redor da árvore. Subiu sozinho na árvore e enrolou o cinto em seu pescoço. Com o impacto de seu corpo, o cinto quebrou-se em dois pedaços. Samuel - sem calças - e Vladimir não tiveram pena de Estragon: riram abusivamente.

Samuel sugeriu para Estragon e Vladimir que o acompanhasse pela estradinha: queria continuar sua caminhada juntamente com eles, cada vez mais longe de sua Curitiba. Partiram. Deram a volta pela árvore e foram adiante. Estragon foi deixando sua marca de cenouras comidas pelo caminho, tal qual um coelho.

Os três foram em busca de uma corda mais resistente...

CARÍCIAS

Aninha, preguiçosamente, abre seus olhos remelentos e foge da claridade. A luz que entra pelos buracos do telhado de seu barraco não agrada a menina. Se pudesse ficaria deitada por mais algumas horas antes de sair. Mas aos poucos vai se acostumando com o dia que brilha efusivo entrando em sua casa e acordando toda a favela Pinto, chamando-os para fora de seus lares.

Ela sempre é a última a se levantar. Assim que vêm os primeiros momentos de um novo dia, seu pai já está nas ruas catando papéis para transformá-los em comida para a família, seus irmãos mais velhos - são dois - já estão roçando jardins pelas casas em Curitiba, e sua mãe sempre a lavar trouxas e mais trouxas de roupa nos tanques da comunidade, junto às dezenas de mulheres, todas trabalhando e se divertindo gostosamente com as fofocas dos vizinhos. E tão logo levanta, Aninha vai até sua mãe para recolher as roupas limpas e levá-las pela cidade entregando-as em seus devidos lugares, todos os dias.

Nesse momento, Aninha fixa os olhos sobre o único cômodo de seu barraco e percebe que todos ainda estão a dormir sobre seus colchões espalhados pelo chão pálido. Visivelmente sonolenta, a menina estranha a presença deles nessa hora dentro de casa. Já deveriam estar no batente, pensa. Cambaleia até o colchão dos pais. Levanta a colcha. Vê que estão deitados de bruços, com os rostos virados para a parede. Sente uma forte dor de cabeça. Euforia. Aninha cutuca o braço de seu pai que nem se mexe de tão duro e frio que está. Medo. Vai até a sua mãe. Ela está roxa. Desespero. Ela alcança um cobertor velho que estava esquecido dentro de uma caixa e estende sobre seus pais. A mocinha sabe o que aconteceu. Corre até o colchão de um dos irmãos. Percebe uma mancha vermelha sobre sua cabeça. É sangue. Todos estão mortos.

Surge uma onda vertiginosa pelo corpo de Aninha que descamba para trás querendo fugir de seu barraco. Para onde ir? O que fazer? Resolve deitar-se ao lado de sua mãe. Sente frio. Entra debaixo do cobertor. Não quer sair de lá. *Aninha*! Parece ouvir sua mãe gritando seu nome lá do tanque de lavar roupa. Era preciso recolher as roupas e ir entregá-las, senão as mulheres da cidade não iriam pagar e, dessa forma, não teriam o que comer. Aninha debanda-se do colchão e vai ter com sua mãe na bica d'água. Vê o enorme monte de roupa limpa: tem muito o que fazer hoje, muitos lugares para ir. Ela recolhe as roupas colocando-as nas costas e mal parando em pé sai para a rua.

Caminha pelo viaduto. Depara-se com seu pai embrulhando caixas e mais caixas de papelão e colocando-as dentro de seu carrinho já abarrotado de papéis. Vai até ele. Recebe um beijo de bom dia: anima-se a prosseguir em seu caminho.

O sol já vai alto a maltratar a menina pelas costas. Ela chega em seu primeiro destino. Entrega algumas peças. A mulher reclama do atraso. Aninha cala-se, carrega as costas e parte para mais uma casa.

Meio-dia. Cansaço. Aninha pensa em parar para pedir alguma comida, mas vê que já está atrasada, precisa se apressar. Falta ainda um par de casas para aportar.

Encontra seus irmãos no jardim de uma das casas que precisa entregar algumas roupas. Um deles está a cavar canteiros enquanto o outro os adorna com muitos ramos de cravos. O jardim é bonito. Os três trocam fraternas carícias, mas logo continuam seus trabalhos. Aninha sente vontade de voltar para casa. Queria brincar com as amigas. Corre para a última entrega.

Ao seu lado, o corpo de sua mãe parece estar cada vez mais frio. A menina chora baixinho olhando para os olhos perdidos da mamãe. Sua mão parece querer reanimá-los. Ela desliza seus dedos pelos cabelos de sua mãe, embebidos de sangue, e desvia o contorno para o rosto. Afaga a pele que parece ter esquentado. Sente um correr de pálpebras entre seus dedos.

96

Sua mãe lhe sorri. Aninha volta a ser feliz. Risos, afetos, trocas de segredos. As duas levantam-se e caminham na ponta dos pés para não acordar o pai e os irmãos. Elas vão até um monte de roupa que acabou de ser lavado. A mãe escolhe um lindo vestido de cetim que escorre até seus pés e Aninha um vestido com cheiro de flores. Elas ouvem uma canção. Dançam juntas. A menina segura a mão da mãe e gira, gira, derramando o perfume das flores pelo barraco. A mãe parece flutuar pelo ar com aquele longo vestido. Devaneios. Vão até o espelho. As imagens das duas mulheres confundem-se. No fundo do espelho elas veem três homens correndo para elas. O pai e os irmãos parecem muito felizes. Eles abraçam-se.

Aninha pula do colchão de sua mãe para fora do barraco. Não vê ninguém. Não ouve nada. A bica d'água está seca. Grita. Mas não consegue ouvir nem sua própria voz. Ela volta para dentro de casa. Seus irmãos prepararam o jantar com tudo que ela gosta. Compraram carne, requeijão, maionese, suco de laranja, frutas etc. etc., tudo com o dinheiro do último trabalho que tinha sido muito bom. Eles sentam-se à mesa entorpecidos de alegria. Alguém grita lá de fora. O pai levanta e vai ver o que está acontecendo. Abre a porta. De súbito, três homens adentram o barraco e matam a mãe, os irmãos e o pai. Aninha esconde-se debaixo da mesa. E assim que os homens se retiram, ela levanta-se e vê o pálido chão derramado em sangue. Carrega, com esforço, seus pais e irmãos para os colchões e entra debaixo de suas cobertas. Dorme ouvindo um fino ruído em sua cabeça.

DESAGRADO

Para Carolina Gomes Gonçalves

Carolina, estou sentindo como se fosse comigo esse seu problema. Nesse exato momento você desliga o telefone. Escuto um triste cravo tocando uma bela melodia que não conheço. Essa música está acompanhada de muitas vozes que choram. Parece que pedem clemência. É assustador. Medo. Tenho formadas na minha cabeça muitas imagens distorcidas dos nossos professores. Elas buscam um ponto de equilíbrio no ar, mas não conseguem parar: deslizam pelo espaço, ora com um enorme sorriso sarcástico, ora com um pequeno desvio nos lábios que as deixam com um leve semblante de desalento. Variam. Vejo que as paredes da minha casa começam a girar junto com as imagens que não param de aparecer. Tudo ao meu redor assume uma cor melancólica: um tom embebido de um azul desfalecido e um vigoroso vermelho. Os professores - não consigo ver quais - estão por toda parte. Um deles está me olhando fixamente. Estica o braço: quer me entregar um papel. Será que devo pegar? Estou tão sozinho. Não consigo tomar uma decisão. Ele continua insistindo para que eu leia um pequeno trecho escrito com letras garrafais: SOU UM PROFESSOR UNIVERSITÁRIO FORMADO COM MÉRITO... Leio até aí. Ele destoa uma longa risada marcada de ironias. Sinto que vou vomitar. Me arrasto até o banheiro que, estranhamente, se parece com nossa sala de aula na universidade: tem todas as carteiras nos mesmos lugares, um quadro-negro e um professor - o mesmo que tentava me mostrar aquele papel. No quadro, escrito em um vermelho-sangue que parece sair de suas mãos, leio a mesma frase daquele papel. O rosto do professor está metamorfoseando-se em outras faces: reconheço a professora Gertrud, a Eva, o Erasmo, a Vera e a professora Marisa. Todos esses rostos flutuam no corpo do professor que, agora, está se aproximando de mim. Meu banheiro é a sala de aula. Não agüento mais a dor no estômago: coloco meu dedo no fundo da garganta. Vômito. Toda a comida que acabei de comer no jantar se esvanece pelo vaso sanitário. Tento expulsar o asco que sinto, mas essa sensação instalou-se em mim. O professor está cada vez mais próximo. Levanto do chão. Me olho no espelho: meu Deus!, meu rosto está sujo de vômito. Os pedaços de comida começam a transformar-se em letras e de letras em palavras e de palavras em frases e as frases caem na pia. Elas estão escritas em uma língua que não sei bem qual é: parece ser uma língua medieval que lembra o Inglês, ou então uma língua renascentista de origem provençal. Não sei exatamente qual é. As vozes que ouvia há pouco param de pedir abrigo. Elas estão lendo as frases que já se espalharam por todo banheiro - ou sala de aula? - como se estivessem rezando. Usam o Canto Chão. Sinto um vento, como uma respiração humana, bem próximo à minha orelha esquerda. Meu pescoço arrepia-se. Uma mão manchada de sangue segura meu ombro, apertando-o com muita força. É o professor, o mesmo de sempre. Penso em olhar no espelho. Olho. Vejo o corpo dele, mas é seu rosto, Carolina, que está lá!, todo ensangüentado. Me apavoro. Meu estômago volta a doer. É uma dor diferente. Sei que não é a mesma da ânsia de vômito. Passo minha mão onde dói. Tem sangue. E um cordão saindo da barriga - por isso que dói! Acompanho-o com os olhos. Eles vão até você. O cordão está ligado a um feto dentro de você. Volto a ver o rosto do professor que, rapidamente, é dos outros docentes também. Eles tentam me matar. Fecho os olhos com muita força. Penso: minha vó me ensinou que *quando estamos passando mal, basta cerrar os olhos com bastante peso*. Logo, meus olhos abrem-se timidamente. Vejo você a chorar. Penso em gritar para conter-se. Grito. Você para. O sangue começa a ir embora de seu rosto. Vejo um sorriso. O corpo do professor cede lugar a seu próprio corpo. É você! Sinto seu cheiro nele. Quero tocá-lo sem pecado. Meu banheiro volta a ter jeito e cara de meu banheiro. Vou até a sala. As paredes estão imóveis: não giram mais. Ando até a janela. Seu corpo me abraça por trás e sussurra uma canção. Não me sinto mais sozinho. Um turbilhão de serenos sons inundam meus ouvidos. Eles vêm de sua voz.

Somos um.

Abro a janela. Avisto uma nuvem de poeira pulando o vento como quem foge de alguém em arrastão.

Uma folha cai de uma árvore: é o início do outono.

VIVAS LEMBRANÇAS MORTAS

Outro dia li um romance de John Cheever em que ele pedia para o leitor ler seu livro na cama, em uma noite de chuva e em uma casa velha. No caso dessa história que você tem em mãos, peço que ao menos a leia deitado na cama, não precisa ser em uma casa velha nem em uma noite chuvosa - se bem que se for aqui em Curitiba, o dia chuvoso vai ser inevitável. Depois que terminar a leitura é só virar de lado e dormir. Até mesmo porque esse é o último conto desse livro...

Ele era professor de ética social do curso de Sociologia na UFPR. E há de se ressaltar que era extremamente bem-conceituado pelo Brasil e até mesmo internacionalmente. Muitos de seus trabalhos sobre o comportamento social do homem nas grandes cidades, foram publicados em português e traduzidos para o inglês, francês e espanhol. Sem contar que recebeu dezenas de prêmios pelo mundo por um trabalho desenvolvido em cima do tema *Violência Gratuita nas Cidades* (coincidentemente, o mesmo tema deste conto).

Muitas das ideias do professor foram altamente discutíveis no meio acadêmico e, por isso, mereceram toda a atenção dos sociólogos - atenção que realmente teve ao longo de sua vida como professor e pesquisador.

Lecionar era sua vida. Mais do que pesquisar e criar idéias para serem debatidas, ele gostava mesmo era de ficar junto aos seus alunos mostrando como construir o saber. A universidade era seu segundo lar. Conhecia a tudo e a todos. E era adorado por todos e todas. Ninguém tinha motivo algum para ficar com raiva dele - nem por um segundo sequer. Muito pelo contrário: era o mais querido de todos os professores do curso, não só como professor, mas como pessoa também. Talvez, por ser bem visto por todos dessa forma, algumas pessoas poderiam ter inveja de sua posição social e profissional, mas não declaravam isso a ninguém. Mas de qualquer forma, sempre o considerei uma pessoa fantástica, boa, educada, inteligente.

As alunas eram loucas por ele. E, com certeza, não era por causa de sua aparência física - porque era muito feio - mas sua inteligência e bondade eram suficientes para esquentar os corações de todas - e eventualmente de alguns alunos que, gentilmente, eram dispensados pelo professor. Ele, de uma forma inteligente, aproveitava-se dessa tietagem feminina. (conto machista?)

Chamava-se Brás. Professor Brás. Foi professor na Universidade Federal, onde o conheci, por dez anos. Nessa época tinha quarenta e cinco anos. Era um grande homem - como já disse - e também um homem muito grande. Tinha quase dois metros de altura e pesava pouco mais de cento e vinte quilos - não preciso dizer que tinha uma barriga enorme, não é? Seu rosto era bolachudo, sempre de óculos redondos e com uma barba rala por fazer. As cãs eram longas. Ainda tinha um aspecto de estudante revolucionário lutando contra a ditadura militar brasileira vestido com uma camiseta do Che Guevara. Dentro da universidade, nem parecia aquele homem que viajava pelo mundo apresentando suas idéias. Ele era realmente uma pessoa muito simples. Por isso cativante. Sempre que precisavam de sua ajuda, para qualquer coisa e qualquer um - do reitor ao porteiro do prédio da universidade - Brás corria para ajudá-los. Quantas vezes o vi correndo afoito, com pressa para resolver um problema alheio? Talvez essa sua grande virtude cristã fosse seu maior problema, pois, segundo suas idéias, ser prestativo demais aos outros era sinônimo de egoísmo - e, consequentemente, de violência - mas, *até então*, eu acreditava que estava errado; na verdade, esse excesso de gentilezas poderia ser o reflexo de sua solidão. Sei que parece estranho um homem tão bem quisto como ele sofrer com a solidão, mas apesar de sempre estar rodeado de pessoas, Brás me confessou um dia que se sentia muito, muito sozinho.

Perceba que logo acima dei ênfase no *até então*, porque tempos mais tarde, vi que ele estava certo quando afirmou que o excesso de gentileza é sinônimo de egoísmo e que pode se tornar violência.

Fui seu aluno por dois anos. Nesse tempo, nos tornamos muito próximos um do outro. Verdadeiros amigos. Com naturalidade, nossa amizade foi saindo da universidade e estendendo-se pela vida social.

Ele morava sozinho - talvez por isso se sentisse só - em uma bela chácara nas proximidades de Curitiba, perto de Almirante Tamandaré (apesar de ser professor na UFPR, Brás tinha muito dinheiro por causa de seus trabalhos pelo mundo. Sem contar que sua família sempre foi muito bem financeiramente), e por diversas vezes me convidou para suas festinhas com algumas alunas que adoravam se deitar com ele.

Esses encontros eram muito bons. Brás não bebia, nem usava drogas e nem permitia isso na sua casa. Nesses encontros, seu negócio era com as mulheres. Adorava ficar com elas - e elas também gostavam de ficar com ele. E como éramos bons amigos - não era somente eu que gostava dele, ele também sempre demonstrava sua afeição para mim - ele gostava de dividi-las comigo. (amigo leitor, confesso que esse trecho soa um pouco machista, estou ciente disso, mas...)

Lima, esteja amanhã na minha chácara às quatro horas. A Aninha e a Paola vão estar lá.

Apesar da diferença de idade - na época eu estava com vinte anos e ele, como já disse, quarenta e cinco - nos dávamos muito bem. E mesmo depois que terminei a faculdade, continuava sendo seu amigo. Cada vez mais.

Nunca vou esquecer do dia em que me tirou da prisão: bateram no meu carro às três horas da manhã na Av. Getúlio Vargas. O motorista do outro carro estava completamente bêbado. Mas fui eu quem levou a pior: meu carro ficou totalmente destruído - era um Passat setenta e seis, lindo! Enquanto que o dele, um Diplomata novinho - na época era um dos melhores carros que rodavam no Brasil - só ficou arranhado. Eu estava com tanta raiva do motorista do Diplomata que acertei um soco em sua cara bem na hora em que os policiais chegaram. Fui preso. Nesse dia, minha família não estava em Curitiba, então telefonei para o Brás que, prontamente, na mesma hora, saiu de sua chácara e foi pagar minha fiança.

Lembro-me, também, do dia em que Brás escorregou na escadaria do meu prédio em um dia de chuva e quebrou a perna. Foi horrível. Ele fraturou o fêmur e trincou a bacia. Teve que usar gesso na bacia e pernas por seis meses e depois ainda precisou andar por mais oito meses com uma bengala, até se recuperar por inteiro. Essa bengala fui eu quem lhe deu de presente. Era de ferro banhada a ouro. Realmente muito bonita. Nossa amizade era muito boa. Durante sua recuperação, eu ficava mais tempo com ele do que com a minha própria namorada. Por isso meu namoro, como era de se esperar, terminou. Mas não dei muita importância. Muitas alunas de Brás iam visitá-lo e eu sempre ficava com alguma. São tantas histórias!   (sim, Leitor, aqui foi a gota d'água dessa história de machismo. Entendo).

(Mas de qualquer forma...) Não sei se você está tendo a impressão que eu quero transmitir sobre Brás: quero que veja o quanto ele era bom. Fazia bem para mim e para muitas outras pessoas.

Como tinha bastante dinheiro, ajudava a muitos cidadãos excluídos socialmente. (o Bom Samaritano!) Estava sempre preocupado com as discriminações sociais, culturais e econômicas que as pessoas menos favorecidas sofrem. E tudo isso, Brás fazia sem demagogia; ele era ele mesmo. Não precisava provar nada disso para ninguém. E o fato de considerar o ato cristão de ajudar o próximo, egoísmo, não o impedia de fazê-lo. Ele era uma pessoa boa, acredite.   (risos).

Mas... *era.* Brás era uma pessoa maravilhosa até o dia em que me matou. A cena foi horrível.

Faz duas semanas que Brás havia se mudado de sua chácara para o centro de Curitiba por motivos de praticidade; era mais fácil ir e vir da universidade. O apartamento que comprou se localizava perto do meu e, por isso, ficava mais fácil de nos encontrarmos; nos víamos quase todos os dias. Percebi algo de diferente nele nessas últimas semanas antes do crime. Andava um pouco nervoso. Talvez não estivesse acostumado com o ritmo da cidade: uma coisa é trabalhar na cidade, outra é morar.

Quando ficava preso no trânsito, na rua Visconde de Guarapuava, por exemplo, tornava-se irreconhecível.

E foi num dia de muito calor que me matou:

Ele precisou passar em meu apartamento na hora do almoço para pegar um livro que havia me emprestado - *Banquete* de Platão - para poder usar nas suas aulas da tarde. Quando chegou, eu estava no banho. Só ouvi a campainha depois de uns cinco minutos. Brás quase colocou a porta abaixo!

- Sinceramente, Lima! - Bracejava Brás.

- Pô, desculpa Brás. Estava no banho. Só não precisava ter quase destruído minha porta, né?

- Cale a boca!

Até aquele dia, ele nunca havia sequer levantado a voz para mim - e acho que para mais ninguém. Estava exaltado. Mas quando pedi para se acalmar...

Ele pegou o primeiro objeto que viu em sua frente: era aquela bengala que eu havia lhe dado para usar durante sua recuperação. Lembra? Eu não sei o que ela estava fazendo na minha casa, mas estava lá.

- Me acalmar? Isso vai me acalmar

Logo que disse essas palavras, Brás apertou a bengala contra sua mão e a levantou. Sem dar tempo para qualquer reação que eu pudesse ter, bateu, com muita força, na minha cabeça - lembra do tamanho dele? Pois então, o estrago foi irreparável.

Me recordo que a dor foi tão grande que desmaiei na mesma hora. Ele não se conteve só com um golpe e começou a me espancar, cada vez com mais força, com a bengala e com o pé, até tirar um pedaço do meu couro cabeludo e deixar meu corpo com muitos hematomas. Era como se estivesse lançando toda sua raiva contra o mundo, reprimida em segredo por anos. O golpe derradeiro foi quando enfiou a bengala no espaço que havia aberto na minha cabeça, onde até dava para ver o cérebro.

Nesse momento morri.

Mas a tortura não havia acabado. Ele parecia estar possuído pelo demônio. Lembro-me que antes desse último golpe, olhei para seus olhos, como que dizendo quem eu era. *Sou eu, seu amigo Lima. Lembra de nossas vidas? Lembra o quanto nos divertíamos juntos? Por que está me matando?* Meu olhar tentava dizer isso para ele, mas seus olhos não eram mais os mesmos. Ele não me via ali. E eu não o reconhecia.

Depois da última pancada, ele me amarrou, pendurado pela cabeça, na frente da minha porta. Em seguida, foi até o banheiro se lavar - estava cheio de sangue - pegou seu livro e foi embora.

O que aconteceu com o Brás naquela noite, não sei. Nunca poderia ter imaginado que fosse capaz de cometer algum tipo de crueldade - na verdade, não esperamos esse tipo de atitude de ninguém, mas acontece.

Bem, agora você pode virar-se do lado que melhor lhe convir e dormir. Perdoe-me a intromissão e a falta de tato.

Ilustração original feita por Rosseana Mezzadri para a capa 1ª ed. 2004

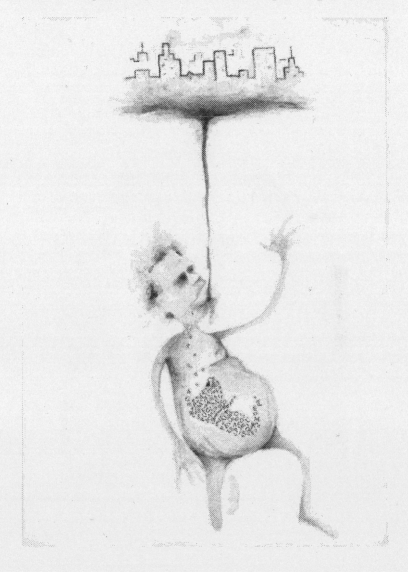

Ilustração feita por Carolina Corção a partir do conto "Kultur", 2006

Fortuna Crítica

NO VOO DO MANDARIM

A voz do outro, de Carlos Machado, deve ser lido como se fosse uma caixa de ressonâncias

(Texto publicado em 2004 no Jornal Literário Rascunho por Paulo Sandrini — Curitiba)

O novo escritor chega, não pede licença, circula discretamente pela sala onde acontece uma reunião de escritores consagrados, deixa seu livro em cima da mesa de centro e desaparece; e quando a festa dos mestres termina — depois de algumas trocas de tapas, grosserias, afrontas intelectuais cheias de afetações, descasos de pura inveja e outras indisposições (tudo isso também faz parte da literatura) —, nós passamos para fazer a faxina e então encontramos o tal livro, que repousa ao lado dos cinzeiros abarrotados, dos copos vazios e, visto a preguiça que nos acomete só de pensar em limpar tanta sujeira deixada pelos mestres, nós, desanimados e absortos, pegamos o tal livro e, quando percebemos, a leitura foi concluída numa só tacada. Ao fechar o livro, e só depois disso, é que a gente lê o nome do autor e descobre que é obra de um estreante. A surpresa maior se dá quando concluímos que o novo autor, logo de cara, preenche os requisitos básicos para se tornar um daqueles escritores de quem a gente já espera por um próximo trabalho. Ou seja, ele fábula, usa de inventividade, põe lenha no imaginário, tem ritmo, ironia, lírica bem dosada e faz um questionamento sobre a existência de modo alegórico, manuseando criativamente símbolos e parábolas.

Ficha do penetra: Carlos Machado, 27 anos, curitibano, professor de literatura brasileira, estreia com A voz do outro, editado pela 7 Letras em projeto gráfico simples, mas de bom gosto.

São vinte contos curtos em que, pela fluência demonstrada, o escritor parece ter escrito, cada um, numa só puxada de fôlego; no entanto, isso não denota uma escrita automatizada, ao contrário, as narrativas apresentam elaboração prévia. Curitiba aparece em vários contos como o espaço principal por onde circulam seres desajustados e personagens leitores a confundir a vida e a arte, espaço quase sempre de pesadelo e sonho. Porém, nada dessa Curitiba remete àquela provinciana, trevisanesca; é uma Curitiba que poderia ser qualquer outra metrópole moderna, onde os anônimos, até então perdidos na multidão (referências ao homem das multidões de Poe e ao flâneur de Baudelaire), deflagram situações e comportamentos dos mais insanos. Obsessão, dissimulação, sadismo e necrofilia surgem como traços marcantes nos contos O homem com um longo bigode (que abre o livro), Sopro e A voz do outro. Mais adiante esses traços recrudescem junto à esquizofrenia em 'Kultur' e em A voz do mesmo, em que novamente o cadáver (a voz calada do outro) proporciona o gozo final. Mas não é só do hediondo, do brutal, que se alimenta A voz do outro. O lírico reverbera em Ramos de rosas, metáfora sobre a Palavra e a comunicabilidade (ou ausência dela) entre os homens; é um dos pontos altos do livro justamente por inaugurar uma linha temática de caráter filosófico, que ressurge ainda em A colina (em que os personagens partem em busca de uma cidade "do outro lado", "além dos muros", parafraseando As cidades invisíveis, de Italo Calvino) e em Absurda angústia, que retoma a metáfora da travessia (agora parafraseando o Beckett de Esperando Godot) numa recusa a explicar a existência através do racionalismo. Aqui, Carlos Machado relativiza o cogito, desconstrói de vez a Travessias enigmáticas Na ficção de Hélio Pólvora, fatos aparentemente trivial acabam conduzindo a uma reflexão filosófica existencial A corda bamba da simplicidade Em Primavera eterna sua novela de estreia Paula Foschia acerta optar pela simplicidade narrativa Carta a um presidiário O amontoado de erros lugares-comuns e pedantismo intelectual destroem Tesão e pra realidade para erigi-la novamente em alegorias e metáforas das mais expressivas e cativantes.

Este A voz.... deve ser lido (e ouvido) como se fosse uma caixa de ressonâncias ou mesmo uma cabeça atormentada por vozes de outros: Poe, Noll, Florbela Espanca, Kafka (A metamorfose parafraseada em Lepidóptera) e Dalton Trevisan. E isso, que bem poderia tornar a obra enfadonha e pernóstica (caso de tantos escritores que vivem por aí a querer elevar o nível de suas obras promovendo diálogos e encontros com outros autores bem mais talentosos do que eles), no entanto, é o que dá o cinetismo, o movimento que nos impulsiona a seguir com a leitura. Em busca de um vampiro escondido traz um Dalton que literalmente bate asas no final para desaparecer, "A mulher abre uma das janelas da boate. O animal dá algumas voltas por ela antes de desaparecer pela fresta: o dia está nascendo". Entretanto, esse desfecho poderia ter fugido ao previsível, evitando a figura do morcego como metáfora das famosas saídas pela tangente de Dalton Trevisan. É que, se comparado aos bons desfechos dos outros contos, esse fica a dever.

Há ainda lugar para as mazelas sociais. Mas se engana quem pensa que o autor iria narrá-las deixando-se contaminar totalmente pela crueza do neonaturalismo, esse celerado que vem fuzilando e esfaqueando na jugular a dádiva da fabulação na ficção brasileira. Em Carícias, Aninha tem sua família assassinada dentro de um barraco da Vila Pinto, uma das mais notórias favelas da capital ecológica; no entanto, o autor lança mão do onírico e do poético para narrar um caso hediondo, o que intensifica o tom dramático e psicológico do texto, matizando-o de outras cores e possibilidades para a abordagem dos temas sociais na literatura atual. Há ainda uma forte crítica às narrativas de violência urbana no último conto, Vivas lembranças mortas, que traz a história de um professor de sociologia, reconhecido e bem integrado à vida social, "adorado por todos e todas", que num dia de fúria, "não esperamos esse tipo de atitude de ninguém, mas acontece", acaba por assassinar o amigo, que é o próprio narrador. O professor, ao se mudar de sua chácara para a metrópole, não se adapta ao ritmo urbano e começa a mudar de comportamento, essa transformação culmina num crime brutal, com o narrador a detalhar o próprio assassinato em todos os seus requintes de crueldade, "O golpe derradeiro foi quando enfiou a bengala no espaço que havia aberto na minha cabeça, onde até dava para ver o cérebro", ou ainda, "...começou a me espancar, cada vez com mais força, com a bengala e com o pé, até tirar um pedaço do meu couro cabeludo...". Pouco depois de ter jogado o leitor nesse ambiente de atrocidade, o narrador encerra, com ironia: "Bem, agora você pode virar-se do lado que melhor lhe convir e dormir. Perdoe-me a intromissão e a falta de tato".

Enfim, com esse livro de estreia, Carlos Machado deixa seu tributo aos mestres, mas não abre mão de um destino próprio. E quando o assunto é literatura feita em Curitiba, sobre a qual muitos insistem em dizer que o vampiro Dalton lança uma sombra inexorável e inexaurível, é possível dizer também que com este A voz do outro, Carlos Machado assesta seu holofote contra essa temida sombra e desse modo vai abrindo passagem para uma outra Curitiba, estranha e densamente habitada por seres de alta periculosidade criativa como Manoel Carlos Karam, Valêncio Xavier, Jamil Snege, Wilson Bueno e Luci Collin. Seres esses, também, sempre dispostos a fazer o lado monocórdico de Curitiba desaparecer do mapa, como no conto Sopro: "Subi em cima do Mandarim com muito cuidado para não machucar suas pequenas asas. Ele voou. Ficamos escondidos entre as nuvens. Lá de cima acionei o botão e vi: toda a cidade desapareceu".

MOMENTO DO CONTO

Texto publicado em 2004 na Gazeta do Povo e O Globo
(Wilson Martins)

Há raramente lugar no desenvolvimento de uma grande literatura, dizia o velho Brunetiêre, para todos os gêneros ao mesmo tempo, lei dos paradigmas estéticos (para usar a terminologia de Thomas Kuhn), fartamente comprovada ao longo da história.

Fatos aparentemente inexplicáveis ou fortuitos encontram nisso a demonstração por assim dizer didática: os anos 20 do século passado foram dominados pela poesia modernista, com escandalosa ausência da prosa de ficção, que só reaparece no final da década, inaugurando a "idade do romance" que foram os anos 30; na década seguinte, a poesia e a ficção mantiveram-se por velocidade adquirida, cedendo lugar e interesse ao ensaio crítico e à historiografia, nomeadamente na estante dos chamados estudos brasileiros, página que o programa implícito dos primeiros modernistas havia deixado em branco — até ao aparecimento do Retrato do Brasil, em 1928.

Em tudo isso, é notável a ausência do conto, àquela altura apenas acidental ou incidental, para reaparecer, com a abundância que se conhece, nos anos 60 e 70. Sagarana, em 1946, ficou, seja como estrela solitária, recebido como um prodígio da natureza, seja como recessivo tardio do regionalismo de Valdomiro Silveira, em pleno mais deliberadamente "literário", sem, contudo, desencadear uma nova "Idade do conto", assim como, dez anos depois, Grande Sertão; Veredas tampouco desencadearia uma nova idade do romance. À originalidade de Guimarães Rosa condenou-o a ser um modelo ao mesmo tempo irrepetível e, por isso mesmo, estéril.

Com o romance em clara fase de astenia, o conto voltou a ser o gênero favorito, porque, também em literatura, a natureza tem horror ao vácuo. À retomada, se pensarmos em termos de longa duração, pode se datar dos primeiros livros de Rubem Fonseca, o que nos transporta à US bons sessenta anos atrás, mas, de qualquer maneira, ele permanece como o grande mestre do nosso conto moderno — mestre, digamos desde logo, a quem pouco ou nada devem os contistas mais recentes, muitos dos quais estão abandonando o realismo ortodoxo em favor de um surrealismo não menos ortodoxo.

Ninguém exemplificaria melhor que Carlos Machado essa mudança de paradigmas (A voz do outro. Rio: 7Letras, 2004), tanto mais significativa quanto se trata de um contista de Curitiba, uma Curitiba que já nada mais tem em comum com a de Dalton Trevisan: "O meu maior prazer na vida ainda é observar as pessoas nas ruas. Herdei esse costume de uma tia que, logo após ter sofrido um sério acidente de carro — quatro anos depois de eu nascer -, ficou impossibilitada de andar e, portanto, não tinha muito o que fazer á não ser ficar sentada em sua cadeira de rodas lendo um livro ou observando as pessoas que passavam em frente à sua varanda".

Entra aqui uma nova paisagem urbana no território literário da cidade: "... conforme fui ficando mais velho, minha mãe parou de me importunar com essa história e passei, então, a estabelecer observatórios fixos nas praças e ruas mais movimentadas de Curitiba, e um horário [...] São quase trinta anos saindo às ruas religiosamente, quase que todos os dias, às cinco horas da tarde" ("O homem com um longo bigode"). Não mais os domínios da Ponte Preta ou da praça Tiradentes, mas a cidade da praça Osório e do que representa. O conto "A voz do outro" é uma cena da rua, território predileto desse homo urbanus: "Logo que avistei o aglomerado de pessoas se enroscando umas nas outras para conseguir o melhor ângulo de visão, meu corpo tremeu. Era como se não existisse nada ao meu redor, apenas um vazio e o canto de um pássaro solitário a trinar euforia. [...] Vejo, por um pequeno espaço que a multidão deixa escapar, um homem estirado no asfalto [...]." Leiam o resto, porque a banalidade do cotidiano é, nela mesma, um acontecimento surrealista.

Podemos penetrar no mundo real de Carlos Machado em paralelo com o dos estados de consciência em Ricardo Lísias (Dos nervos. São Paulo: Hedra, 2004): "Quando vi a luz acesa e o portão aberto, estranhamente destrancado para aquela hora da noite, achei que de fato eu estava trabalhando demais. [...] ... minha mãe vivia repetindo, repetindo sem parar, que eu precisava cuidar dos nervos [...]. ... até mesmo antes do começo do meu tratamento, ela dizia, muitas vezes, quase o tempo inteiro, que eu devia prestar muita atenção para não deixar as janelas abertas e a porta escancarada, pois hoje em dia, quase o tempo inteiro, a gente não sabe mais quando um ladrão pode atacar". Isso dá ideia do estilo e do ritmo da narrativa. A protagonista-narradora vive, efetivamente, sob a neurose de um assalto, segundo parece puramente imaginário: "Tentei dormir um pouco pela manhã, mas qualquer barulho me despertava. Duas ou três vezes, pulei da cama e corri até à sala certa de que ele já tinha chegado [...]. Com certeza o médico repetiria que, em uma cidade como a nossa, qualquer coisa é um perigo para uma mulher que vive sozinha".

Em uma cidade como a nossa e em cidades diferentes da nossa estão presentes os homossexuais, temática preponderante nos contos de Jorge Sá Earp (Areias pretas. Rio: 7 Letras, 2004), às vezes na atmosfera emoliente da África: "O Rio Congo e a noite eram uma só mancha escura engolindo os pontinhos luminosos da cidade, que pulsavam. O amigo de Etienne se aproximou da amurada e tentou entabular conversa, Ricardo foi monossilábico [...] deixando o francês rir abobado no terraço, enquanto ele voltava para dentro da boate, pensando em um dia escrever a história de Svetlana, tão logo terminasse seu longo artigo sobre a África Equatorial".

Sendo diplomata, o autor conhece bem o ambiente e os costumes que descreve, os encontros em bares propícios, a facilidade que torna fácil e até espontâneo esse tipo de relações, tudo envolvido numa atmosfera de tristeza e má consciência. Ou, como diz a apresentação do volume: "A matéria-prima de Jorge de Sá Earp são os olhares esquivos, as frases inconclusas, os gestos abortados e as demais senhas da incompletude das relações humanas". E o mundo peculiar do homossexualismo elegante, sem nada em comum com as paradas populistas do chamado "orgulho gay".

Livro-reportagem sobre livros: um painel contemporâneo da prosa ficcional realizada em curitiba

(Trecho do projeto de graduação no bacharelado de Comunicação Social – Jornalismo 2009)

(Renata Ortega Mortiz)

(...)

É pelas ruas desta mesma movimentada Curitiba, em que os postos verdes e ocos tentam, inutilmente, trazer de volta os ares dos anos 1930 e 1940, que tem caminhado um homem com um longo bigode. Um rosto familiar, que dizem ter por costume assaltar livros, chocolates e roupas pelas lojas da cidade. Às vezes ele anda rápido, desaparecendo em meio à multidão; ou então, entra por engano no banheiro feminino de um shopping qualquer. Seu vício, no entanto, é sentar-se nos bancos da Praça Osório, todos os dias, e observar homens e mulheres anônimos. "O meu maior prazer na vida ainda é observar as pessoas nas ruas. Herdei esse costume de uma tia que, logo após ter sofrido um sério acidente de carro – quatro anos depois de eu nascer –, ficou impossibilitada de andar e, portanto, não tinha muito o que fazer a não ser ficar sentada em sua cadeira de rodas lendo um livro ou observando as pessoas que passavam em frente à sua varanda. O costume dela me pegou. Comecei então a ficar o dia todo entornando olhares para as pessoas que caminhavam no centro da cidade, tentando descobrir quem eram, o que faziam, por que estariam passando por ali etc. Minha mãe não se conformava com essa 'esquisitice' – é isso que ela pensava que era – e por diversas vezes me impediu de ficar sentado no banco da Praça Osório olhando as pessoas. Nesses dias, tinha que sair escondido e não ficar sentado em lugar algum para não correr o risco de se pego por ela. Para despistá-la, eu seguia as pessoas, como um detetive, sem deixá-las saber que estava atrás e sem minha mãe descobrir. Eu era como o homem das multidões de Poe, ou um flâneur de Baudelaire. Mas, conforme fui ficando mais velho, minha mãe parou de me importunar com essa história e passei, então, a estabelecer observatórios fixos nas praças e ruas mais movimentadas de Curitiba, e um horário. Eu não consigo explicar por que gosto de fazer isso, e, para ser bem sincero, por muitas vezes achei que estava cansado dessa vida – poucas vezes, é certo –, mas logo via que era impossível controlar esse impulso, então deixava acontecer. São quase trinta anos saindo às ruas religiosamente, quase que todos os dias, às cinco horas da tarde", narra o personagem misterioso. "Ah, eu ia me esquecendo de um detalhe muito importante que pode ser ainda mais difícil de entender nessa história toda: só me satisfaço observando pessoa em Curitiba! Não importa se são curitibanas ou não – até mesmo porque sou eu quem invento suas vidas –, mas tem que ser aqui." Apesar de não cultivar tufos de pêlos sobre os lábios, este flâneur de Curitiba – que, por vezes, confessa assemelhar-se a Dalton Trevisan e Cristovão Tezza –, responde pela alcunha de Carlos Machado, escritor. É professor, músico e compositor; um leitor voraz de literatura que encontrou na escrita a única saída para tudo aquilo que absorve nos livros. Considerado uma síntese do que ele mesmo faz, o conto intitulado O homem com um longo bigode – transcrito, em parte, anteriormente – foi um de seus primeiros textos publicados, nos anos iniciais do século XXI. De lá para cá, ele adotou o ambiente urbano como cenário de suas narrativas e tem desenvolvido, aos poucos, um caminho certeiro rumo ao reconhecimento literário. Sem a mesma obsessão pela observação neurótica de seu personagem, ele se contenta apenas em espreitar a cidade, seus habitantes e os grandes escritores que aqui residem – "E depois, escrever", acrescenta, com sua típica agilidade com as palavras. E escreve todos os dias desde 1996. Na verdade, o interesse pelos livros, sejam os escritos ou aqueles por escrever, surgiu ainda na adolescência, por volta dos 15 anos, quando o jovem leitor descobriu o fascinante universo literário de Trapo, romance de Cristovão Tezza. Na época, morando em Londrina, norte do Paraná, ele era apenas um estudante de ensino médio. "Além de ler a história daquele poeta suicida, no mesmo ano, o ator Marcos Winter estava em cartaz na cidade, com um espetáculo baseado no livro. Meu professor de Literatura levou-nos, então, ao Teatro Ouro Verde para assistir a peça. Como eu já conhecia o texto, fiquei maravilhado", relembra. Pouco depois, de volta a Curitiba para completar os estudos – cidade onde nasceu, em 1977 –, ele entrou em contato com a prosa de Dalton Trevisan, em seu magistral Em busca de Curitiba perdida, livro obrigatório no vestibular da época. O mergulho no submundo do Vampiro curitibano foi revelador. "A vontade de escrever que havia nascido com Cristovão se consolidou com os contos de Dalton. E eu decidi que era isso que iria fazer", conta sorridente, como se ainda fosse um menino. Aspirante a escritor, Machado escolheu cursar Letras na Universidade Federal do Paraná. Em meio aos estudos de Lingüística e Teoria Literária, nos últimos anos da década de 1990, surgiram seus primeiros textos. Emaranhados inacabados de palavras e frases que nasciam na companhia de leituras sistemáticas das obras de Trevisan e Tezza, além de autores como João Gilberto Noll, Rubem Fonseca, José Saramago e Clarice Lispector, entre tantos outros. Eram linhas e mais linhas de história sobre pessoas reais, amigos de infância, professores da faculdade e vidas inventadas, imaginariamente criadas pelo homem com um longo bigode. "Em todos esses anos, muitos personagens passaram pela minha 084 visão, e muitas histórias foram criadas para eles. Muitos tipos: homens que, aparentemente, estavam bêbados, podiam ser vistos pela minha fantasia como grandes empresários que resolveram se deliciar com os prazeres da cachaça depois de um difícil dia de trabalho, ou então homens extremamente sóbrios poderiam ser pintados como ex-bêbados que criaram vergonha na cara e resolveram tomar um banho, fazer a barba e procurar um emprego, ou ainda mulheres que em princípio me pareciam tímidas podiam, na verdade, levar vidas promíscuas longe de seus maridos. La belle du jour. Enfim, tudo era possível, e essa era minha necessidade: inventar vidas e situações apenas com a aparência das pessoas nas ruas de Curitiba." Tomado pelo velho costume da observação e pelo recente hábito de registrá-la em palavras, desde então, o tenro contista não parou mais. Formou-se professor de Literatura e começou a dar aulas. Por influência paterna, interessou-se pela música e montou a banda Sad Theory. Por fim, somou a tudo isso a carreira de escritor, que já havia escolhido. Iniciava-se, então, uma maluca rotina diária, resumida por ele mesmo como: "trabalho, café, música, leitura, café, trabalho, esporte, café, escrita, música, cama". "No meu íntimo, é incompatível dar aulas de Literatura e escrever. Ao mesmo tempo, minha música caminha nas páginas dos meus livros. Eu tento separar todas essas coisas que são quase sempre inseparáveis. Mas no final, acabo vivendo em permanente conflito", revela com simplicidade. Como resultado dessa 'maluquice' que tomou conta de sua vida, em maio 2004, Carlos Machado alçou seu primeiro vôo ao publicar o livro A voz do outro. Uma coletânea de 20 contos, todos escritos durante os quatro anos de universidade. Com a fluência de quem parece ter redigido-os em um só fôlego, o autor – um iniciante ainda –, conseguiu superar, desde cedo, a escrita automatizada, construindo, segundo a crítica, narrativas muito bem elaboradas. Nas páginas do livro, uma Curitiba personagem, pela qual circulam seres desajustados, leitores a confundir a vida com a arte. Entre homens de bigode, vampiros escondidos e vozes alheias, a repercussão foi imediata. "O novo escritor chega, não pede licença, circula discretamente pela sala onde acontece uma reunião de escritores consagrados, deixa seu livro em cima da mesa de centro e desaparece; e quando a festa dos mestres termina – depois de algumas trocas de tapas, grosserias, afrontas intelectuais cheias de afetações, descasos de pura inveja e outras indisposições (tudo isso também faz parte da literatura) –, nós passamos para fazer a faxina e então encontramos o tal livro, que repousa ao lado dos cinzeiros abarrotados, dos copos vazios e, visto a preguiça que nos acomete só de pensar em limpar tanta sujeira deixada pelos mestres, nós, desanimados e absortos, pegamos o tal livro e, quando percebemos, a leitura foi concluída numa só tacada. Ao fechar o livro, e só depois disso, é que a gente lê o nome do autor e descobre que é obra de um estreante. A surpresa maior se dá quando concluímos que o novo autor, logo de cara, preenche os requisitos básicos para se tornar um daqueles escritores de quem a gente já espera por um próximo trabalho. Ou seja, ele fabula, usa de inventividade, põe lenha no imaginário, tem ritmo, ironia, lírica bem dosada e faz um questionamento sobre a existência de modo alegórico, manuseando criativamente símbolos e parábolas", fabulou o escritor Paulo Sandrini sobre a recepção do livro, na crítica O vôo do mandarim, publicada em agosto de 2004. "Este A voz... deve ser lido (e ouvido) como se fosse uma caixa de ressonâncias ou mesmo uma cabeça atormentada por vozes de outros: Poe, Noll, Florbela Espanca, Kafka e Dalton Trevisan. E isso, que bem 086 poderia tornar a obra enfadonha e pernóstica (caso de tantos escritores que vivem por aí a querer elevar o nível de suas obras promovendo diálogos e encontros com outros autores bem mais talentosos do que eles), no entanto, é o que dá o cinetismo, o movimento que nos impulsiona a seguir com a leitura. Enfim, com esse livro de estréia, Carlos Machado deixa seu tributo aos mestres, mas não abre mão de um destino próprio. E quando o assunto é literatura feita em Curitiba, sobre a qual muitos insistem em dizer que o Vampiro Dalton lança uma sombra inexorável e inexaurível, é possível dizer também que com este A voz do outro, Carlos Machado assesta seu holofote contra essa temida sombra e desse modo vai abrindo passagem para uma outra Curitiba, estranha e densamente habitada por seres de alta periculosidade criativa como Manoel Carlos Karam, Valêncio Xavier, Jamil Snege, Wilson Bueno e Luci Collin. Seres esses, também, sempre dispostos a fazer o lado monocórdico de Curitiba desaparecer do mapa", completou Sandrini. Além da crítica otimista, que o alçou, indiscutivelmente, ao patamar de um dos representantes da nova literatura contemporânea brasileira, seu livro de estréia também lhe rendeu novas possibilidades de reconhecimento. Inicialmente, apenas o conto Um homem com um longo bigode foi traduzido, para ser publicado em uma coletânea de breves narrativas urbanas, nos Estados Unidos. Depois disso, o livro inteiro foi transposto para a língua inglesa e lançado no país norte-americano. Dando continuidade ao vôo em busca de sua própria voz, no ano seguinte, o escritor lançou seu segundo livro, Nós da província: diálogo com o carbono (2005). Uma espécie de continuidade ao primeiro, no qual os 19 contos que o compõe preservam o estilo simples e engenhoso, repleto de auto-ironia e sarcasmo. "Depois de me render às vozes dos outros, me concentrei na procura da minha. Talvez demore a encontrála. Aliás, não sei nem se vou conseguir. Mas, mesmo assim, continuo buscando", afirma introspectivo. Explorando o horrendo e a exibição de tudo aquilo que ainda é tabu, a obra desafia a linha delicada que separa pudores de perversões, mergulhando fundo nos meandros de uma metrópole pós-moderna e em sua profusão de hibridismos culturais. A preferência intuitiva pelos contos – "Gosto mais de escrever contos que romances, pois eles, os primeiros, são breves, mais rápidos e fugazes, compatíveis com o mundo contemporâneo", justifica – lhe renderia novas fortunas críticas. Algumas até mesmo inesperadas. "Os anos 1920 do século passado foram dominados pela poesia modernista, com escandalosa ausência da prosa de ficção, que só reapareceu no final da década, inaugurando a 'idade do romance' que foram os anos 1930; na década seguinte, a poesia e a ficção mantiveramse por velocidade adquirida, cedendo lugar e interesse ao ensaio crítico e à historiografia, nomeadamente na estante dos chamados estudos brasileiros, página que o programa implícito dos primeiros modernistas havia deixado em branco – até ao aparecimento do 'Retrato do Brasil', em 1928", contextualizou o crítico literário Wilson Martins, em seu Momento do conto. Em tudo isso, é notável a ausência do conto, àquela altura apenas acidental ou incidental, para reaparecer, com a abundância que se conhece, nos anos 1960 e 1970. Com o romance em clara fase de astenia, o conto voltou a ser o gênero favorito, porque, também em literatura, a natureza tem horror ao vácuo. A retomada, se pensarmos em termos de longa duração, pode se datar dos primeiros livros de Rubem Fonseca, o que nos transporta a uns bons sessenta anos atrás, mas, de qualquer maneira, ele permanece 088 como o grande mestre do nosso conto moderno – mestre, digamos desde logo, a quem pouco ou nada devem os contistas mais recentes, muitos dos quais estão abandonando o realismo ortodoxo em favor de um surrealismo não menos ortodoxo. Ninguém exemplificaria melhor que Carlos Machado essa mudança de paradigmas, tanto mais significativa quanto se trata de um contista de Curitiba, uma Curitiba que já nada mais tem em comum com a de Dalton Trevisan", postulou o crítico, em uma referência explícita ao que a literatura nacional podia esperar do promissor escritor. Contrariando – e surpreendendo – as expectativas, em seu livro seguinte, o contista decidiu embrenhar-se pelos sabores de uma novela. Publicou, em 2006, Balada de uma retina sul-americana, um diário de viagens em que seu narrador abandona Curitiba por 31 dias, para vagar de carro pelo sul do continente americano. Durante o trajeto, embalado por uma trilha sonora com canções de Noel Rosa, Whitesnake, Adriana Calcanhoto, Portishead, Lenine, Piazzola, entre outras, a narrativa vai ganhando velocidade, ritmo e fluidez. Aos poucos, ele descreve suas observações e impressões sobre a fronteira meridional, a Argentina, o Chile, o Uruguai, as águas salgadas e geladas do Pacífico e as areias do deserto; as ruas, as praças, os prédios, o ar. Contudo, em todos os lugares por que passa ou para, ele se depara com Curitiba, uma cidade presente em qualquer canto do continente – "Tão longe, tão diferente: mas apenas mais uma Curitiba." Como se seus sentidos, seus sentimentos, seu imaginário, tudo nele estivesse contaminado, e a cidade permanecesse com ele, onde quer que fosse. Ao final do livro, já de volta à inescapável capital paranaense, o narrador sente-se renovado. Pronto para usar suas retinas para rever a Rua 089 XV, reinventar o paladar diante de um prato de sopa no bar Gato Preto, espiar, mais uma vez, a casa onde o Vampiro se esconde. Ou, quem sabe, apenas sentar-se nos bancos da Praça Osório e, às cinco horas, observar calma e lentamente os homens e mulheres anônimas que por ali circulam; o velho costume do flâneur curitibano. "Às cinco e quinze da tarde vi um homem com um longo bigode – como aquele que Paulo Leminski usava, sabe qual? –, que me chamou a atenção não sei por quê. Talvez pelo fato de seu rosto ser bastante familiar. Desde os meus dez anos de idade eu não perseguia as pessoas na rua, só ficava sentado na Praça Osório sem ir atrás de ninguém. Mas nesse dia – quando já contava com vinte e sete anos – não me controlei. Na verdade, acho que nem quis me controlar, levantei e comecei a andar atrás de seus passos, tomando o velho cuidado de não deixar minha 'vítima' descobrir que estava por perto – como um detetive. Aquele homem já cruzou pelo meu caminho muitas vezes depois daquele dia, mas, logo que aparecia, sumia na mesma hora. [...] E sabe quem eu vi ontem (às cinco horas da tarde) e segui por alguns minutos? O homem com um longo bigode, lógico! [...] Tinha muita gente na minha frente. Sem demorar, e invadido pela aflição, adentrei a multidão e o vi: estava usando minhas roupas. Reconheci: era o homem com o longo bigode. Olhei bem nos seus olhos e me apavorei. Meu Deus, esse homem... esse homem sou eu!".

(...)

Meu agradecimento vai para Jorge Viveiros de Castro (Editora 7Letras) que me fez sonhar quando me telefonou do Rio de Janeiro para confirmar que publicaria a primeira edição de "A voz do outro" e "Nós da província: diálogo com o carbono" para a antológica coleção Rocinante, em 2004 e 2005. E também para outro editor muito importante em minha vida, Thiago Tizzot, editor desta edição comemorativa.

Obrigado aos amigos e amigas presentes nestas edições e que, de alguma forma, participaram dessa aventura.

Obrigado ao outro, o dono da voz.

CARLOS MACHADO nasceu em Curitiba, em 1977. É escritor, músico e professor de literatura. Publicou os livros *A voz do outro* (contos 2004, ed. 7Letras), *Nós da província: diálogo com o carbono* (contos 2005, ed. 7Letras), *Balada de uma retina sul-americana* (novela 2006 e 2a ed. Revisitada 2021, ed. 7Letras), *Poeira fria* (novela 2012, ed. Arte & Letra), *Passeios* (contos 2016, ed. 7Letras), *Esquina da minha rua* (novela 2018, ed. 7Letras), *Era o vento* (contos 2019, Ed. Patuá), *Olhos de sal* (Novela 2020, ed. 7letras), *Por acaso memória* (narrativa 2021, ed. Arte & Letra), *Flor de alumínio* (contos 2022, ed. Arte & Letra), *Imagem invertida* (novela 2023, ed. Urutau) e *Invisibilidade coletiva* (contos 2024, ed. Patuá). Tem contos e outros textos publicados em diversas revistas e jornais literários. Participou das antologias *48 Contos Paranaenses* (2014), organizada por Luiz Ruffato, *Mágica no Absurdo* (2018), feita para o evento *Curitiba Literária 2018*, curadoria de Rogério Pereira, entre outras. Integrou as listas de finalistas do concurso **"Off Flip"** 2019 e 2021, semifinalista no **"IV Prêmio Guarulhos de Literatura"** (2020), venceu o prêmio/edital **"Outras Palavras"**, da Secretaria da Comunicação da Cultura do Paraná (Lei Aldir Blanc) em 2020, 2o lugar no **"Concurso Literário da UBE-RJ"** (União Brasileira de Escritores do RJ), 2021, com o livro de contos *Era o vento*, finalista no **"15o Concurso Nacional de Contos Josué Guimarães"** 2021, com o conto "Colorir e descolorir" (do livro *Flor de alumínio*), vencedor do **1o troféu Capivara, prêmio literário cidade de Curitiba** - melhor livro 2024, com "Imagem invertida" entre outros. Como músico, entre diversos trabalhos, tem 6 CDs autorais lançados.

www.carlosmachadooficial.com
@carlosmachadooficial